龍藏

殺龍

維克 著

第一章

「妳真要嫁給四哥？」

「這是我倆必須認定的結果，但玉兒的心早就屬於你，我已將全部都給了你！」女子說話的同時，髮簪上的玉墜可晃得厲害。

「若能逃到天涯海角，豈無我倆容身之處？」

「你太天真了，血肉之軀怎能挨得過北方寒風，和東方的黑浪呢？」

對方按住她的肩膀大喊：「妳要是跟了我，西邊的荒漠、南面的長城又算得了什麼！」

「唉……多爾袞，你就像個孩子。」

忠順學長拿起遙控器切換頻道。從十分鐘前到現在他至少轉了二十多台節目。「不覺得這段對話很白痴嗎？什麼天涯海角、又東西南北的……」

「反正你也沒有很認真在看。」我說。

沙發正前方的矮櫃上擺了一台老舊的顯像管電視，聽學長講，那是他在前房客留下的雜物堆裡找到的，由於體積龐大，像素又沒有液晶電視來得好，實在沒必要在搬家時帶上這種累贅。然而一個人的垃圾終將成為另一個人的寶藏，其實我也忘了這句話是不是無意間在公共廁所的牆壁上讀過的勵志小語，總覺得這段敘述非常符合學長的近況，他也許有將近一年多的時間，幾乎每天都窩在家中看這台寶貝電視了。

「宜蘭東北方海域又傳出漁船失蹤事件，這已經是近一個月以來發生的第三起失蹤案，由於日前有民眾在海岸發現疑似斷頭的漁民浮屍，目前不排除有人為因素介入。該地點鄰近中、日、台三方存在主權爭議的釣魚台，我國海軍與海巡署已展開聯合調查，也隨即通知日方對該海域嚴加戒備，是否因此影響雙方互信，外交部稍晚會為此召開說明。根據當地漁民的說法，台灣東北部外海存在一個俗稱東方百慕達的地方，歷史上更曾記載一處叫作暗澳的海域……」

學長不禁對於新聞內容發了點牢騷，「鬼扯！我看明天的談話性節目又要有新話題了。」

下則新聞。「昨晚政見發表會場上火藥味十足，爭取連任的總統龐麟山與民黨候選人曹瑛仁，在設立性專區的議題上相互較勁，民調顯示曹瑛仁目前以三個百分點領先總統龐麟山……再加上去年二月青年領袖集結抗議政府的黑箱作業，使得執政黨的支持度更顯低迷……」結果不到半分鐘學長又轉台了，他誠然沒有耐心看完一段完整的訊息。

下個頻道還是在播報新聞。「今天下午警方獲報，在台北市萬華區臨檢色情養生館，竟在房內發現一具男性屍首，他的雙腳被整齊地固定，肩頸部位還裹著濕毛巾，推測是在按摩時遇害。經調查確認死者身分為故宮博物院的黃姓課員，然而現場早就人去樓空，負責人也已經潛逃國外，進一步的死因和犯案動機警方還在追查當中……」

「等一下！先不要轉台！」我急忙叫道。

「知道啦！我也在看。」儘管光線昏暗，畫面也被打上了馬賽克，但看得出來屍體身首異處，死狀相當悽慘。學長轉頭問道：「你不是在故宮博物院當替代役？那個人你認識嗎？」

「不認識，部門裡好像沒有姓黃的男生。」聽我這麼一說，他的目光又立刻回到前方的螢幕上。

陳忠順是我的國中時的學長，過去非常照顧自己，然而到我入伍之後他卻還在讀大學，面對延後畢業似乎也沒有太多想法，至少他十九歲曾經因為車禍開過刀，未來可省去一年的役期，現在還能成天翹課回家看電視，人生好像也沒什麼好抱怨的了。

「今天又不是六日，你為什麼不用上班？」學長起身了，並順手將電視關掉。

「我的勤務是輪班制，不一定會休周末。」

「太爽了吧！當兵還可以輪班。」他一邊伸懶腰一面說道：「等一下要不要去泰式按摩？好久沒有疏通筋骨了！」

「沒興趣。而且我今晚剛好收假。」確認牆上的掛鐘，再過一個小時就要晚點名了，我回頭對他說：「才看完那段恐怖的新聞，你不會怕嗎？」

「哪裡這麼倒楣，再說我每次都給認識的師傅按，免煩惱！」

「你還是小心一點吧！我要先回宿舍，快遲到了。」

「好唷，路上小心。」

出門前，我轉身看著他，認真地問道：「學長，你要一直這樣浪費人生嗎？」我認真地問道。

他笑了笑說：「其實我也不知道，總覺得有什麼重要的事情該做，卻老想不起來。你快走吧！很晚了。」

當下我並不覺得那是在開玩笑。

宿舍其實是過去憲兵隊留下的營區，鐵絲網纏繞的圍牆僅有一個對外出口，平時無人站崗，所以夜間收假後還經常有役男偷溜出去吃宵夜，即便不在規定的時間內回營，基本上也不會有什麼太大的問題。但我依然小心翼翼沿著圍牆走進宿舍，免得被管訓處的人發現又要被唸上幾句。

隔天一早看了班表，真忍不住想去跟值日官抱怨，他居然又把我安排到第六展間值勤，裏頭展示著清朝文物〈龍藏經〉。

「經書到底有什麼好展示的，又不能拿出來翻……鍋碗瓢盆都比這有趣多了。」和我一樣被分派到同崗位的室友漫步而來，嘴裡始終唸唸有詞。

自己則表示禮貌地附和，「就算能讓你翻，也看不懂上頭的火星文呀！待在這間真的很無聊，上周已經連續站三天班了。」

「你看！那邊有喇嘛。」他手指著兩位身穿藏族僧袍的和尚。

「搞不好他們看得懂？」

「想看不會上網下載唷？來這裡也不會看得比較清楚呀！聽導覽老師講那本經書是抄錄的，並不是原稿。」

早晨以來博物館異常地冷清，過了用餐時間遊客照樣寥寥無幾，如今展間內只有兩位喇嘛和另一名西裝筆挺的男子。

室友說道：「那個人是瞎子嗎？這麼暗了還戴墨鏡。」

「剛剛就一直覺得他哪裡奇怪，卻又說不上來。」

此時耳機突然傳來對講機的聲音：「李毅任！董秀彬！你們兩個還在聊天！沒看見有人違規拍照嗎？監視器都錄到了還不快點過去。」那是督導！

「收到！」我迅速地走向戴墨鏡的男子，委婉地提醒他：「不好意思，博物院內禁止拍照。」

他趕緊將手機收入口袋，「對不起，不好意思。」語氣相當平順，不像平時受到警告的遊客一般緊張。而當那兩位喇嘛開始注意我們的對談時，他又忽然一個箭步離開展間，猜想大概是認為被舉發違規很丟臉吧！這種愛面子的人到處都是，要不幸令他們當眾出糗，往往還會惱羞成怒呢！

「神經病……吃飽沒事每天都在看監視器。」室友董秀彬繼續抱怨道。

「你按到通話鈕了！」我馬上提醒他關掉對講機。

「幹！完蛋了。」

果不其然，對講機又傳來了督導的聲音：「第六展間的執勤同仁請於下崗後來監控室報到。」我倆對望一眼，明白事情大條了。他額頭上冒出綠豆大的汗珠，右手捧著肚子，神情相當焦慮。

打開監控室的門發現督導已經站在螢幕旁等候許久，她威脅我們說：「你們自己看錄影畫面！主任知道了可能會禁止你們休假。」

「對不起，」董秀彬頻頻點頭道歉，「剛才沒注意到。」

督導的手機響了，她瞪了我們一眼便走出門外接聽。我看著監視器上的重播畫面，發現拍照的男子除了戴著墨鏡、行徑詭異之外，腰際似乎還隆起一包異物。

「你看那個像不像一把槍？」我右手指著螢幕說。

「什麼？」董秀彬還沒擺脫緊張的情緒，他一邊擦拭汗水一面問道：「你是指那個偷拍照的人嗎？」

「對呀！你看這裡。」我試圖將畫面暫停，但電腦程式被鎖定了，只能循環播放重複的影像。

來回看了幾次，他似乎也贊同我的看法，「好像是耶！要不要通報督導？」

話一講完，督導突然開門走了進來，「你們兩個可以出去了。」

「可是，督導！我們好像看到……」

「趕快給我出去！再不離開就禁假兩天！」

「收到！」

才走出博物院董秀彬又開始碎念了，「督導一定是更年期來了！囉哩叭唆的……」他是我在營區住宿的室友，除了生性膽小又愛抱怨之外，大體來講是個相當隨和的人，但他講的話卻經常像是收音機裡的廣播缺乏存在感，我幾乎沒有耐心聽完他的每一句抱怨。「李毅任……你有沒有在聽我說話？」他抗議似地叫道。

「我還在想剛才的事，」回頭望了下山走來的坡道，路燈下的樹影猶如藏匿於黑暗中的尾隨者，正規律地喘息著。「那個人好像真的有帶槍。」

「剛開始也覺得他不太正常，我是指除了墨鏡之外，」就快走到山腳下的營區了，董秀彬這才將紮在褲頭的制服拉出來，「你有看昨天的新聞嗎？」

「你是指被分屍的黃課員吧？」

「對呀！其實我觀察他很久了，上禮拜值勤晚班的時候也經常在展場見到他。」他換了一種曖昧的口吻說：「當下他的表情非常地嚴肅，舉止十分怪異，還有一件事情特別離奇……」

「什麼事情？」

「就連昨天，我都還有在第六展間遇到他耶！因為我是晚上看了新聞重播才知道凶殺案的事情，推算一下時間，發現他當時早就死了。」
「那怎麼可能！太恐怖了吧！」
「是真的！後來我還有跟其他晚班同仁作確認，他們也都和我一樣，有看見黃課員昨晚在博物院裡遊蕩。」
「他單位上的人有特別說什麼嗎？」
「沒有……聽說黃課員本來就很孤僻，大概從兩個月前開始更變得一句話也不講，眼神也愈來愈詭異。他在書畫處負責修復古籍，可能是讀太多文言文，腦袋才會壞掉。再說這博物館裡放的都是死人用過的東西，相處久了難免變得怪裡怪氣。」
突然有位戴帽子的男人快步經過眼前，隨他後頭走來的是另外兩位替代役同事，看來像是才換好便服，正要準備出門吃晚飯。他們抓著董秀彬的耳邊小聲說道：「快看！是那個新聞報導，已經死掉的黃課員。」其中一人指著前方的男人說。
董秀彬瞇起眼睛望向那人的背影，視力不好的他大概也猜不到黃課員會隨即轉入左側的防火巷，就在此時，早上那名戴墨鏡的男子快速從我們四人中央穿過，不慎撞掉了董秀彬的眼鏡。他立刻轉頭道歉：「不好意思！」隨後又急忙地大步走向前去，很明顯是在跟蹤黃課員。
兩位替代役同事說：「走！快跟上。」
「不好吧！我和李毅任早上執勤的時候有遇到那個戴墨鏡的人，他身上好像有槍！」
「唬爛！」其中一人打了董秀彬的頭說：「幹！走不走？」
「過去看一下吧！假如情況不對就趕快報警！」我說。

矮小的鐵皮屋間傳出了失魂的狗叫聲，我們小心翼翼跟在男子後方，盡量不發出任何聲響。「我記得前面好像是一條死路，走慢一點。」

董秀彬又緊張地捧起肚子，「被發現了怎麼辦？」

「我們又沒有做壞事，怕什麼！」同事說道。

「小聲一點！」

轉角處傳來淒厲的求饒。「大爺您救救小的吧……俺啥都招了！」只見黃課員跪在平房圍繞的空曠處大喊著。

「我不懂你在說什麼，」穿西裝的男子疑惑道：「你為什麼要假冒黃啟豐？」

黃課員正要開口，卻被突如其來的飛箭命中了額頭，鮮血飛濺到男子的臉頰。轉頭望向身後的鐵皮屋，發現有三名黑衣人手持竹管蜷伏在屋簷上，同事見狀後居然自顧自地跑走了，我急忙拖著被嚇傻的董秀彬藏入角落的洗衣機旁。

當下西裝男子衝向屍體背後躲過黑衣人的三支飛箭，接著對著屋頂盲開了兩槍，黑衣人驚覺一名同夥中彈後，趕緊拖著他逃離現場，男子則繼續坐在原地大口喘氣。過一會兒，他探頭確認敵人都消失了，才終於起身朝著我們走來。

「你的朋友沒事吧？」他抹去臉頰的血漬說。

「應該還好。」

「我是市刑大警官，」他從西裝內側的口袋取出證件，「可能需要你們跟我回去做筆錄，或者是……」

「或者什麼？」

「或者你們剛剛什麼也沒看見。」

我轉身確認董秀彬已經昏厥過去，就回答他：「我什麼也沒看到，剛才有人在那偷放鞭炮，你要不要去抓他們？」

「好的，你很聰明，」他環顧四下，再以開玩笑的語氣說：「我也真該去看看有沒有人在放煙火，但是你們也得快點離開，不然會有大麻煩的唷！」

男子的皮鞋頓時踩出生硬的步伐，約莫過了三分鐘聲音才逐漸消失在遠方。於是我轉頭叫醒了董秀彬，他一睜開眼，便緊張地問道：「發生了什麼事！是不是有人死掉了？」

我傾身擋住背後的屍體說：「你搞錯了，只是在拍古裝戲而已。」

「可是中影文化城不是在馬路的另一邊嗎？」

「他們剛才在拍穿越劇，現在劇組已經回去了。」

「是嗎？」他摸著頭說：「我實在太膽小了，我睡很久了嗎？」

「大概半小時而已。」

我將他扶起，一同朝營區的方向走去。董秀彬仍鍥而不捨地說：「是什麼爛片呀？怎麼會選在這麼醜的地方取景。」

「好像是……」我思考了一會兒。「好像是多爾袞穿越時空大戰鰲拜吧！」

「那最後誰贏了？」

「聽他們講的台詞……應該是鰲拜吧。」

「那麼誰又是壞人呢？」

「這我也不知道，總之兩位都是清朝人。」

「是唷……」他又嘀咕著：「真是莫名其妙。」

循著馬路的喧囂，總算繞出了防火巷。傍晚離開博物院的觀光覽車一台接著一台開下斜坡，一旁操著北京腔的大陸人在公車站牌前大聲講電話，這又讓我想起剛才黃課員的口音似乎也不太像台灣人。而如今我卻只希望種種疑問能夠像沉入水中的石塊永遠不要浮出腦海，要是不幸被捲入了兇殺案，肯定一點好處也沒有。

孝莊太后：「見皇上誠心禮佛，哀家遣人抄錄大藏經，惟願上天恩賜七世福報。」

順治帝：「母后若真想成全皇兒，就讓朕出家吧！」

儘管忠順學長對於劇中的台詞頗有意見，但每次到他木柵的租屋處，電視總播放著同一齣古裝劇，這回連我都忍不住抱怨：「龍藏經明明是順治死後，康熙才在孝莊太后的提議下完成抄錄的，編劇根本沒有作足功課。」

「唷？沒想到你才進故宮三個月就已經變成歷史專家了。」

「值日官老安排我站龍藏經的展間，每天都要聽導遊介紹重複的事。好在他們都很擅長加油添醋，喜歡隨便竄改歷史，值勤才不至於太無聊，偶爾聽到荒謬的典故也只能回頭笑笑。之前有役男當面揭穿導遊的謊言，結果對方還惱羞成怒、動手打人耶！我想……哪天聽到鰲拜被塞進龍藏經的故事都不足為奇！」

「這個故事我喜歡！比電視裡的爛劇情好多了。」講完他便按下遙控器，下一台是有關自然科學的頻道，正在介紹傳說中的遠古生物。

畫面中一條深色巨龍蜷伏在峭壁上，物理學家推論，飛龍會噴火是由於牠們特有的喉嚨構造中藏有硝石，每當食物消化完的腐敗沼氣順著食道吐出體外，被點燃的氣體就會瞬間在口腔外形成火柱。

「李毅任……你會不會過得太爽？才上一天班又要放假。」學長躺在沙發上，隻手撐著身體並斜著腦袋說。

「完全沒有！我跟上班族一樣月休八天，只是最近排的假比較密集而已。」這時電視上的巨龍吐出一道火焰將原始人燒死，雖然僅僅是電腦動畫，卻讓我想起那可憐的黃課員。「要不要看新聞？」

「嗯？為什麼會突然想看新聞，你也關心總統大選嗎？」

「沒什麼，只是覺得這個節目很無聊。」

忠順學長再度拿起遙控器準備轉台，但似乎沒電了，他必須起身走到螢幕前切換頻道。見他那僵硬的體態，彷彿歷經長年復健終於可以自主行走的病人。學長的人生尚未真正開始，卻像一隻腳已踏入棺材般可憐。

「今天傍晚，士林分局接獲民眾報案，在故宮博物院山腳下驚傳槍響，但現場僅遺留了兩枚彈殼，目前尚未發現人員傷亡，詳細開槍原因警方還在深入追查中。」是段連影片都沒有的快訊，主播不帶感情地讀完手稿，隨即又將畫面帶到總統大選的議題上。「總統大選即將白熱化，日前遭在野陣營指控勾結中國官方人士的現任總統龐麟山，在統獨議題仍舊未有明確表態，民黨候選人曹瑛仁嚴正呼籲，身為國家元首，對於主權認同不能有模糊地帶……」

「每天都在報這種鳥事！」忠順學長不滿道。

「沒辦法呀！選舉不就是在找出敵我差異，然後藉此攻擊對方嗎？」

「政客都只是在玩自己的遊戲罷了，根本不管人民死活。」

雖然不是很贊同對方的說法，一時之間卻也想不到適當的比喻來反駁，總之我認為唯有經過一次又一次的辯論，候選人才能將政見調整至多數人認可的原則，再藉由自己的專業來改善大眾的期待，最後說服人民，並引導社會往正確的方向走。

「結果你昨天有去按摩嗎？」我轉換了話題。

「有！而且昨天那家店怪怪的，」他頓時睜大了雙眼，「因為常去的那家養生館，師傅剛好回泰國休假了，店家還特地送我另一家養生館的招待券作為補償，結果我按名片上的地址騎車到市區，最後才在林森北路上發現一家門口擺了兩隻石獅子的按摩店，招牌寫著中國古法推拿。」

當時學長才走進店內就被一股奇特的檀香所吸引，接待的服務員請他換上指壓的浴衣，就讓學長獨自躺在推拿床上等待許久。直到胸口被電毯蒸出了汗水，總算聽見有人拉開簾子，正當他心中納悶為何師傅不先確認自己是否已經換好衣服就冒然進來時，一句甜美的試探瞬間打散了腦海中的所有疑慮。

「有按過嗎？」

「嗯？有……」學長趴在床上乾澀地回答。

一般按摩店的師傅都是上年紀的女人，然而透過推拿床下的臉部開口發現女子的腳掌十分細嫩，若非是平常有特別保養，否則對方的年齡肯定不超過三十歲。隔著浴袍感受纖細的雙手在頸肩游移，就聲音判斷應該是位柔弱的女子，掌力卻又十分渾厚。

「你住這兒附近嗎？」她問道。

「不是，我住在木柵。」

「那兒我去過！是非常寧靜的社區。怎麼今天怎麼會想過來這兒呢？」

「原本那家店的師傅回泰國了，不然我其實都習慣給同一個人按。」學長刻意抬起頭看著她說：「妳是哪裡人呢？」對方的臉蛋很清秀，眼珠炯炯有神，果然是位年輕漂亮的女生。

「呀？我是蘇州人……」

「聽妳的口音就不像台灣人。」學長微笑著說。

她走到左側將學長的袖子拉高，準備推拿臂膀。「你這肩膀上的刺青好漂亮呀！在哪兒刺的？」

「我小時候跳過八家將，陣頭師傅幫我刺的。」學長的三頭肌上刺了龍首，是由背部延續過來的圖案。

「八家將？」

「台灣的廟會活動呀！是一種宗教信仰。」

「拜什麼神明呢？」

「我也說不上來，反正現在也不信那個了，」一想到對方來自對岸，學長遂好奇問道：「妳們那邊是不是都沒有宗教信仰？」

「呀？我不知道……」女生似乎對於這個話題不感興趣，她突然拉開了布簾，「不好意思，家裡臨時有事，我幫您換位師傅。」既沒有收到通知，其間也沒接過電話，她是如何知道家中臨時有事？然而學長還來不及發問，女生就迅速地離開了。

隨後進來了一位年約四十歲的婦人，她一句話也沒講就開始幫他拉筋、推背和疏通血路，比起剛才那位女生的手法明顯又熟練許多。

檀香順著師傅的手掌滑落全身氣結，安靜的氛圍下隱隱飄來一股流水般的樂音，剎那間有種時空錯亂的感受，彷彿自己正躺在大宅院的暖炕上，聆聽內院傳來的渺渺琴音。不知不覺地，忠順學長就睡著了。

離開後學長拖著模糊的意識步入小巷，儘管通體舒暢卻又感到四肢酥麻。他沿著騎樓邊走上階梯，打開咖啡廳的玻璃門，神色恍惚地走了進去。透過室內迷漫的煙霧望向那片猶如電視牆的巨大窗戶，鄰樓的霓虹瞬間暈開朦朧的街景，彷彿打翻了調色盤讓畫布失去應有的輪廓。

一名濃妝豔抹的婦人坐在老紳士的對面抽細長的菸，學長走過那張桌子挑了緊鄰窗檯的空位坐下，服務員前來確認好餐點後便轉身離開了，此時他望見前方有位熟悉的面孔正在和一名西裝筆挺的男人聊天，仔細詳端，發現她就是剛才按摩到一半就突然離去的女生。

「他什麼都不記得了。」女生悲傷地說。

「正如湯先生所言，我們只是在兩個等值的向量封包間穿梭。不是他忘記了，只是又重新來過而已。」

男人安慰道。

「但他背上的圖案又該如何解釋？」一邊講著，她的臉頰頓時滑落一行淚水，語氣卻絲毫不受影響。

「或許只是時空中留下的印記吧！我們做過的事，勢必略為影響這個世界。」

「這完全沒道理！」女生顯得歇斯底里，並開始焦急地翻找化妝包，「你身上有菸嗎？」

「我不抽菸，這是特地為妳準備的，」他拿出一包七星放在桌上，「少抽一點，不要犧牲了健康。」

「我已經失去五年歲月，再回去更不知又會變得如何，你覺得我還在乎嗎？」她吐出一口白煙，煙霧順著空調飄到學長面前，絲縷縈繞般在他的耳祭彷彿呢喃著什麼。

「我們還要等石獅會的答覆嗎？」見女生沒有回答，男人再度開口說道：「絕不能像上次一樣錯失良機。」

「我不想再等下去了。既然天龍黨早有準備，加上曜石已失去了能量，我們現在必須同步進行，」她的表情相當堅定，「我想提早回去將龍藏經和曜石藏在隱密的地方，一個只有我倆知道的地方。然後再將經書的贗品留於宮中傳給世人，如此一來就不會引起天龍黨的關注了。」

「我要怎麼知道真的經書被藏在哪裡呢？」

「我將留下傳世遺囑給石獅會，屆時自然會有人通知你。」

「三百年的歲月裡，萬一出了差錯，無法趕在封印瓦解的當下消滅牠，又該怎麼辦？太后不也是考量到這項因素才決定讓經書繼續留於世間受官方保護。」

「但是你也見到了，我們根本沒有辦法徹底消滅天龍黨，如今甚至奪不回博物院的經書，」她望著對方眼角淡淡的疤痕，「萬一我什麼也無法改變，萬一訊息無法傳到你手中，你們就必須自己面對牠了。」

男人低頭沉思了好一陣子，隨後問道：「妳什麼時候離開？」

「下週。」講完她將菸蒂給熄滅。

「不先和他碰面再走？」

「我們已經碰過面了！」女生忽然起身漫步到學長面前，冷不防地給了他一記耳光。

啪一聲！店內的客人全都轉頭看了過來，學長當下十分錯愕且不知所措，只能摀著臉，眼睜睜地看著女生從容地走出咖啡廳。

「真的很抱歉……剛才跟女朋友吵架了。她只是一時情緒失控，請不要誤會，」男人深感愧疚地說：「這算是給你的補償。」他放了一小疊鈔票在桌面，上頭還有一張便條紙，「這是我的電話，有什麼問題請隨時連絡我。」

摸不著頭緒的學長頓時有種被羞辱的感覺，然而一回過神，男人也消失了，當下還以為自己是遇到整人節目。

「事情就是這樣的……」講完故事的學長摸著左邊的臉頰說。

電視繼續播放著夜間新聞，畫面呈現了造勢晚會的現場直播，民眾群情激動地揮舞旗幟，喧囂的街頭幾乎看不出已過了午夜。

「你應該只是遇到瘋子。」我說。

「真倒楣，以後不會再去那家養生館了。」

「但聽你形容的，那家店的師傅手藝好像不錯？」

此時來了一則新聞快報。「稍早為您插播的博物院山腳槍擊案，在晚間十點有了突破性的進展，兩名來自博物院的替代役男指出，他們目擊三個奇裝異服的嫌犯用不知名的古代兵器攻擊兩名路人，據聞其中一位遭到攻擊的男子當場死亡，另一位則是開槍還擊。但由於雙方身分尚未確認，警方目前也找不到死者的屍體，以及相關物證，是否只是一場烏龍，北市刑大還在調查當中，接下來為您呈現當時的採訪畫面。」

電視上，同事對著畫面大喊：「我們看見黃課員的頭上插著兩支箭！」

「請問您講的黃課員是誰？」採訪記者拿著麥克風指向另一位同事。

「就是昨天在按摩店被分屍的黃啟豐啊！」他叫道。

一群護衛警將記者推開，「好了！我們先偵辦案情，稍後再開記者會說明！」他們圍著役男緩步走向派出所，但由於採訪媒體實在太多，場面顯得十分混亂。

忠順學長問道：「你認識那兩個白痴嗎？」

「他們都是我的同事……」

「哭夭唷！為什麼最近瘋子這麼多。」

聽他這麼一說，我也只能默默地閉上嘴巴，並煩惱起傍晚的那場意外，同時祈禱董秀彬不要像他們一樣，把知道的事情講出來。

隔天一早安全管理室實施例行性的點名，兩位被警方帶往偵訊的同事果然不在現場，董秀彬從昨天起連休三天假，所以也沒有出席。此時大廳還沒開放，就有不少媒體人員堵在門外，督導請我獨自一人去監控室報到，想必是和黃課員的死有關。

每當開館都是監控室最繁忙的時刻，幹部們大多守在螢幕前仔細確認今日安排的動線。我才要拿出門禁卡感應磁條，就有人從裡頭將門拉開，猜想他們大概是用監視器一路觀察著自己走過長廊。結果門一開，放眼望去卻只有一名男子，他身穿西裝，直挺挺地站在門口，頭頂掛著墨鏡，眼角有道不明顯的疤痕。

男子將墨鏡戴上，「還記得我嗎？」

我回答：「不記得了！我當時什麼也沒看到。」

「但現在情況不同了，警方會需要你的幫忙。」

「我真的什麼都忘了，即便要我說，我所知道的事情也和他們在電視上面講的一樣。」

「這不是一個聰明的方式，」男人走出門外轉身看著我，「你先跟我回警局，只要按照我講的去做，保證明天過後大家都安然無恙，當然也包括你那位戴眼鏡的朋友。」指的應該就是董秀彬。

男人似乎對院內環境相當熟悉，他領我一路穿過備勤室，經過電機房後再從側門繞出去。然而媒體也不是省油的燈，大批記者早已堵住所有出入口，鐵門一開馬上湧現大量閃光燈。

「李警官！請問這位也是槍擊案的目擊證人嗎？」記者激動地問道。

男人右手擋掉突如其來的麥克風，左手搭著我的肩膀繼續向前走。

「案情是不是又有突破性的發展？」另一支麥克風粗魯地伸到面前，但他依然沒有回應。

到達停車場前，數名警員快步走來幫忙保持採訪距離，男人這才回頭對著媒體大喊：「為了個資安全，警方暫時保留證人身分，偵訊過後會在今晚召開記者會說明，謝謝大家！」隨即拖著我坐上警車。

偵訊室的門關上了，被媒體稱呼為李警官的男人禮貌地伸出右手。握過手，他將一包菸放在桌上，「抽菸嗎？」

「不抽。」

「好，請坐下。」他自己則繼續站著。「你只要告訴媒體，看見有三個人對著你們開槍，之後便逃離現場，這樣就行了。」

「但是只有兩發子彈。」

「那不是重點，重點是假的黃課員並沒有死在現場。當然他是真是假，對你而言也完全不重要，現在只要讓事情簡單化就好。」

他的手機響了，鈴聲迴蕩在耳膜形成了巨大的壓迫感，他接起電話聽了一陣子都沒作回應，感覺對方似乎相當激動。

後來他對著話筒說：「瞭解了，請你先冷靜一下。」接著將手機調整成擴音模式，聽筒隨即傳出熟悉的聲音。

「你不要為難李毅任，他是我的朋友！我從電視上看到了，是你把他帶走的！我他媽不知道你們是哪裡來的怪人，但是只要你敢亂來，我就會把前天在咖啡廳裡聽到的事情都爆料給媒體。」那是忠順學長。

「陳忠順，你根本不了解狀況，就算你向媒體爆料，也只會被當成另一個瘋子。」

「你怎麼會知道我的名字？」話筒對面的忠順學長好奇地問道。

「我不但知道你的名字，就連你小時候混過幫派，幹了什麼鳥事，都一清二楚。」

「幹！不管你是哪裡來的外星人，反正你敢對我朋友怎麼樣，我肯定會跟你沒完沒了！什麼天龍黨，還有石獅會的事情，我都聽得清清楚楚。那些跟博物院的槍擊案以及黃課員的死必定有關聯。總之你不要輕舉妄動，誰不知道你們警察最會吃案！」

「你如果真的明白我們在做什麼，就不會用這種態度跟我說話了！真後悔當初把手機號碼留給你。」他悻然切斷通話，並調整為飛航模式。「你現在應該明白自己的處境了，」他再看著我的眼睛說，「聽我的建議去做，大夥兒都會沒事。」

「好……」事實上他並沒有為難自己的意思，理當沒有理由拒絕，況且要是繼續這樣鬧下去，性情火爆的學長還真不知會因此做出什麼天大的事。「那麼……我的朋友呢？」

「就在隔壁。因為你那兩位同事已經把事情經過都告訴了媒體，你們的身分其實早就曝光了，」他將菸盒收進口袋，接著走向門邊，「在接受採訪前，我們必須事先套好招。」

隨後我們移動到隔壁的偵訊室，一開門就看見董秀彬哭喪著臉坐在椅子上，發現我就跟在李警官後頭，嘴角遂露出一抹微笑。「李毅任你沒事吧？」

「別擔心，照他講的去做就好了。」

接下來有三個鐘頭的時間，我們反覆練習著李警官準備的教戰守則，凡是面對觸及殺人和古代兵器的提問，只要堅決地否認就行了，不僅如此，警方還要我們虛構當天的情境，表示那兩位同事是由於遭受攻擊導致驚嚇過度，以至於產生了幻覺。

「都記好了！」我說。

李警官問董秀彬：「那你呢？」

「我應該也沒什麼太大的問題了……」他的語氣很不堅定

「要想清楚唷！你們就只有一次機會，」李警官走到身後搭上我們的肩膀，「要知道，媒體這種東西只想聽有趣的事，記者是不會輕易放過你們的。」

我篤定地說：「不會有問題的！」

「很好！那你們自己再練習一下，我要先去處理陳忠順的事情了。等會兒回來。」

「你要做什麼？」

「別擔心，我跟他曾經是很好的朋友，只是……」

「只是？」

「只是他忘記了。」

忠順學長未曾提過他有個當警察的朋友，尤其從剛才手機中的對話也感受不出他們彼此認識。然而我現在非常肯定，李警官就是學長在咖啡廳裡遇到的那個男人。打從第一次在展示櫃前遇見他，自己就被捲入了一道深不可測的謎團，如今就算想奮力脫身亦是徒勞。

記者會的時間就快到了，李警官仍舊沒有出現，偵訊室的門打開之後進來了三名身穿警用夾克的男子，其中那個貌似長官的人對著另外兩位小聲講話，「我想，李幹員是趕不回來了，」他又看著我們說：「兩位好，我是士林分局長。李警官現在有外務在身，不過他應該已經向你們說明情況了吧！假如都準備好了，我們現在就可以往門口移動。」

分局外的磚道上擠滿了人潮，勉強睜開眼睛觀察鎂光燈中的媒體，發現就連娛樂台的記者都來到現場。這大概是本人此生唯一的機會有幸對社會大眾公布一項令人期待已久的答案，然而我們編造的謊言似乎無法引起太多的關注，霎時間腦海閃過一種要命的念頭：「即便不了解實際內幕為何，但我很想將看到的真相全盤供出！」當然自己最後並未如此荒唐，那只會讓我和董秀彬捲入更複雜的陰謀。

「其他兩位同事為什麼要說謊呢？」一名記者直盯著我說。

「黑衣人為何對你開槍？」另外一位急促地問道。

「請問是冤家尋仇嗎？」一面對此起彼落的聲音，根本無法逐一回答，尤其是那些令人摸不著頭緒的問題。

「黃啟豐是不是因為研究龍藏經才會遭遇不測？」

「媽媽知道你在外面跟人結怨嗎？」

「聽說你是龍藏經的專職管理員？是不是跟高層有什麼特殊關係？」

分局長站出來擋在面前，他向媒體同仁大喊：「好！謝謝大家，當事人已經說明清楚了，之前的爆料顯然只是一場誤會。」

「局長！警方是不是有指導目擊者作偽證？」眾多媒體鍥而不捨地追問著。「黃啟豐是否還活著？有沒有像傳聞講的一樣被警方軟禁！」

「沒有！絕對沒有，這都不是事實。」他勉強微笑地看著攝影機說：「謝謝大家關心！謝謝！」

然而媒體並未善罷甘休，正當現場警力快要維持不住秩序，記者們的手機倏然接連響起，大家遂開始聚精會神地確認聽筒另一端傳來的消息，四周安靜得猶如劊子手即將落下斬刀的氛圍。

娛樂台的記者率先掛斷了電話，「分局長！林森北路半小時前傳出三屍命案！請問警方已經掌握線索了嗎？是否也跟黃啟豐的死有關？」

「三屍命案的受害者和黃啟豐一樣都遭到砍頭，是不是極端組織所為，他們的訴求到底是什麼？」各種提問蜂擁而至。「局長！這次的連續殺人案是否有員警涉入？傳聞死者都是黑道分子。」

分局長慌忙地轉身對身旁警員說道：「趕快連絡李幹員！」接著回頭告訴媒體：「今天的說明會到此結束，大家辛苦了，謝謝！」隨後就甩開記者，帶著我們返回警局。

一進到偵訊室，分局長立刻氣急敗壞地大罵：「我們是不是被國安局的人耍了！」

警員回答：「誠衛哥搞不好也是遇上突發狀況。」

「我不管這個李幹員到底是何方神聖，國安局的人本來就不能介入刑事案件！」

另一位警員馬上咬著局長的耳邊說：「證人還在旁邊……」他們以不帶情緒的眼神望向我們，場面顯得有些尷尬。

之後局長泰然地說：「小朋友…我想你們可以先回去了。」董秀彬喜出望外地看著我，彷彿被赦免的犯人，眼神中充滿寬慰。

其實我不太能百分之百地確定，警員先生口中的誠衛哥，以及被局長稱呼為李幹員的人，是否就是偵訊我的西裝男子，但無庸置疑地，這起事件必然存在著一位周旋於各權力之間的探員，並且就目前的情況所知，養生館的命案和黑衣人的出現肯定都有著某種程度上的關聯。

離開了警局，我趕忙前往學長位於木柵的租屋處。人行道飄落秋風誘拐的綠葉，溪流對岸的樹林不時傳來烏鶖淒涼的叫聲。他住的三層樓公寓就在堤防引道的附近，我沒有按電鈴，直接拿出學長給的備用鑰匙開鎖，一進門就發現李警官和一名女子坐在客廳的沙發上。

「打擾到你們了嗎？」我擔心地問。

「沒有，完全沒有，你來得正好。」忠順學長起身看著我。

「我？」頓時對於他的強調語氣感到好奇。

他轉頭對李警官說：「他是足以信賴的人，如果你們需要幫忙的話。」

女子忽然搶話道：「但我沒見過他！」腔調很不尋常。

李警官走上前搭著我的肩，「又見面了！一直沒機會自我介紹。你好，我叫李誠衛，是國安局的特勤幹員。」

為表示禮貌，我點了頭。「您好。」

「剛才表現得很不錯！」他指的應該就是下午的記者會，「但是我們又有更大的麻煩了。」

雖然李誠衛試圖用『我們』這兩個字將大家綁在一塊，但女子對於自己的出現仍顯得相當不安。「你們誰可以解釋一下他究竟是誰？還有石獅會被偷襲的事情該如何處置？」

「我還沒有完全相信妳講的故事，先讓我安靜一下吧。」忠順學長漠然地坐回沙發上。

「你到現在還覺得那只是個故事嗎？」女子不滿道：「誠衛哥！我們不需要他了，我們走吧！」

學長驟然大罵：「幹！一個是假警察，另一個是不知道哪邊來的偷渡客。我他媽的你們兩個現在最好就給我馬上消失！」

李誠衛安撫女生說：「冷靜一點，這件事自然愈少人知道愈好，既然他們都略曉一二了，更沒理由不讓他們參與。」

忠順學長再度起身抗議，「加不加入不是你們決定就行了，少自以為是！」

女生說：「你以為自己是誰？不過就是個凡夫俗子，沒有人會求你的！」

「外省瘋婆子！妳如果真的是清朝人，請麻煩早點滾回去，我們台灣不歡迎妳。」

「你好意思說這裡是台灣？別以為我不懂你們的歷史，這裡是中華民國！還曾經是中原的領土！」

「至少現在不是，至少在妳的年代也不是！」

「你們就只想在這兒當山大王罷了！大難臨頭而不自知，我這是何苦呢！」她說得眼淚都快流下來了。

「干妳屁事！少關心我們的政治，妳不但是個外國人，還不是這個世界上的人！」

「你這人怎麼這樣！」

李誠衛趕緊出面緩頰：「我們將前因後果再順過一次吧！李老弟大概聽得一頭霧水了，」他開玩笑地說：「你們就像一對吵架的情侶，不愧是與生俱來的默契。」學長和女生對望一眼，各自悶哼一聲。

第二章

夕陽篩過紗窗留下搖晃的樹影，映在牆上彷若幻燈片播放著四季輪轉，李誠衛在遠方的引擎聲中述說起數百年前的故事，那弔詭的情節可就連肥皂劇的編導都難以想像。

故事約莫從三百年前講起。滿族先祖藉明萬曆年間，中國與日本在朝鮮之役元氣大傷之際，於塞外蘇子河畔興兵統一女真各部。首領努爾哈赤死後由四子皇太極繼位，並於東北稱帝，國號大清，然而歷經兩代的征討始終無法入主中原，皇太極於入關前夕驟然逝世，最後才尤其弟弟多爾袞率軍進入山海關，奠定國基。

多爾袞與先帝之子豪格爭奪皇位時，鰲拜是豪格的主要擁護者，雖然曾為皇上心腹，且戰功赫赫，卻在雙方陳兵列眾之際妥協了多爾袞的提議，讓皇太極的第九子福臨繼位，年號順治。然而福臨其實是孝莊皇后和多爾袞的私生子，繼位後王權誠然掌握在攝政王多爾袞手裡。

攝政一掌權便殘酷地削弱敵方派系，鰲拜為求自保，加上心中仍眈念王位，遂冀望能藉助遠祖於通古斯地區崇拜的薩滿能量對抗攝政。他差人前往西伯利亞尋找強大的巫術，最後在西境的烏拉爾山脈遇見芬蘭先祖蘇米人，他們保存的遠古魔法足以召喚滅世巨龍，此怪物曾在北歐創世之際受北歐主神奧丁封印，但邪惡的根源依舊流於薩滿的血脈中。

由於解開封印並非一日之事，鰲拜先是引發寒冬，使得當時的世界進入小冰河期，他相信唯有在這環境下巨龍才能順利地於中原地區甦醒，接著又趁著皇族於邊外狩獵之際襲擊多爾袞，更企圖在他死後揭示順治帝的身世之謎，逼迫皇上對攝政王開闔鞭屍以闢謠。

習得妖術的鰲拜於宮廷內散布天花魔咒想謀害皇上，太后遂藉由佛法鎮壓天花，更遣人抄錄大藏經文為封印轉化成巨龍的鰲拜作準備，也成立了祕密組織石獅會暗中對抗鰲拜黨羽。

當時執掌欽天監的湯若望試圖挽救順治的性命，可惜為時已晚。康熙即位後布陣誘捕即將成魔的鰲拜，用藏文甘珠爾綑綁巨龍將牠收服於經書之中，是謂〈龍藏經〉。然而天花妖風早就隨著鰲拜黨羽的奔走傳遍沿海地區，最後更散播至南洋，石獅會遂在民間製作風獅爺鎮煞，並以其監視逃亡海外的鰲拜殘部天龍黨，因為他們知道經書的效應僅能維持數百年，天龍黨必然會在封印失效之際奪取經書，並施以低溫環境確保巨龍可以再次轉世。

忠順學長不客氣地打斷了李誠衛的故事，「李毅任，你聽！這是不是比扯鈴還扯。」

「還滿精彩的！很想知道接續的發展。」

「那你可以多看一些談話節目，這種荒謬情節，多讀幾部科幻小說也寫得出來。」

女生失望地說：「誠衛哥！他們根本無法了解我們的苦心，我們還是走吧！」

李誠衛則緩頰道：「蘇莫，妳先等我把故事講完，再讓他們自己決定要不要加入計畫。」

而接下來關於眼前這位女生的身世，更是令人聽得瞠目結舌。

蘇莫是待在太后身邊長大的孤兒，自幼跟隨侍從曹嬤嬤習武，十二歲就離開了宮廷加入石獅會。由於缺少身分地位，自然無人在生辰當天為她慶祝，甚至連顆敷衍孩童的雞蛋也沒有。一天下午她就蹲在樹蔭底數螞蟻，螞蟻由洞口爬進爬出，每隻都長得一樣。小蘇莫數了這隻又忘了那隻，艷陽高掛的午後也記不清到底有多少螞蟻爬過眼前，正當她無聊地發慌，四合院外忽然傳來小廝的慘叫。

是天龍黨！那是蘇莫心中閃過的第一個念頭。

然而從未實際和敵人比劃過一招半式的她，似乎很難想像在殘酷的打鬥間，眼睛可能會被戳瞎，手掌也可能被砍斷，正所謂初生之犢不畏虎，十六歲的蘇莫迅速地跑過門庭想救人，卻被迎面拋來的小廝頭顱給嚇著。

「又是個娃兒！石獅會難道沒別人了嗎？」穿米色絨衣的男人猙獰大笑，在其身後又出現若干黑衣人朝蘇莫奔來。

蘇莫以平日練習的身法閃過黑衣人的包夾，儘管遭到圍攻，卻能在接連過招中毫髮無傷，一群人追打到了院內，此時正廳傳出了秦箏之聲。

是曹嬤嬤！「曹嬤嬤救我！他們殺了小廝！」蘇莫驚慌大叫，卻得不到一聲回應。

敵人的刀法愈來愈犀利，加上不停地閃躲間蘇莫逐漸亂了步子，幾乎快要精疲力盡了，再不出手便要成為刀下亡魂！於是她右手出拳擊中黑衣人的胸口，扎實的感受彷彿擊碎了對方的肋骨，仰身一翻躲過迎面揮來的刀光，再用左腳踢碎敵人的下巴，結果不到一盞茶的功夫，黑衣人全倒下了。

「這女娃真有兩下子，換大爺來教訓妳！」始終面容猙獰的男人一個箭步向前飛踢，擊中蘇莫的肚子，力道之大，讓小小的身軀撞破了木門摔在廳堂中央，此刻頭暈目眩的蘇莫隱約發現曹嬤嬤竟從容不迫地坐在正位上彈箏！

男人很快地追了進來，見到曹嬤嬤便說：「看來石獅會只剩下老弱殘兵了！」他抽出腰際的彎刀，白刃反射的光線使得剛剛適應屋內的陰暗角落的蘇莫睜不開雙眼，當下時間過得很慢，男人的剪影在視線中逐步放大，仿若秦箏的節奏鼓動著恐懼的心跳，蘇莫按下腹部的痛楚，專注意志想突破方才撞擊後所導致的耳鳴。刀身落下時她一個翻轉騰空躍起，架式十足地站穩腳步。

「小娃兒真能打！」男人話一講完就接連對她出招，手無寸鐵的蘇莫只能不停閃避對方猛烈的攻勢，方几、茶桌都被砍得木屑橫飛，兩人一路打到了正位，男人順勢對著彈箏的曹嬤嬤揮了一刀，竟被巧妙躲過，其間樂曲並未中斷。而當蘇莫被逼到了牆角，曹嬤嬤冷不防朝男人背部拋出一把尚未出鞘的短劍將他擊倒在地，蘇莫見狀趕緊撿起武器拔劍對峙。

男人狼狽地起身狠狠瞪了曹嬤嬤一眼，隨後轉頭看著蘇莫，「先宰了小的！」他抽出匕首以雙刃來回刺向蘇莫的臉部，刀光劍影中割傷了她的右頸。她快步後退蹬上扶手椅，並倒身踏過屋樑，而在兩人頭頂相對時，蘇莫的劍端自對方的頸椎劃下至臀部，落地之後，男人已倒臥在血泊之中。

驚魂未定的蘇莫拄著劍單膝跪地，神情哀怨地轉頭望向曹嬤嬤，對方則放下了秦箏說道：「孩子，妳長大了，可以去見湯爺爺了。」

故事講完了，我望著坐在對面的女生說：「請問……妳就是蘇莫嗎？」

她略微閃避目光，並羞澀地回答：「是的。」

「所以說……妳是古人囉？」

「什麼古人？我可是大清國的子民！皇上當朝之際，你這小夥子尚未出世呢！」語氣頓時有些憤然。

忠順學長起身，攤開雙手不耐煩地說：「好了！李警官，能否請你解釋一下這名清國人是如何偷渡到台灣來的嗎？」他手指著蘇莫。

「偷渡？」李誠衛苦笑了一聲，「這種幽默我可不敢領教，想當初你可是奮不顧身地想保護她。」

「什麼意思？」陳忠順驚訝道：「什麼當初？」

「或許我的遣詞用字有失精準，畢竟不存在於這個世界上的事情，實在不能用『當初』這兩個字來形容，但它在我的人生中確實發生過。」當下我完全無法理解誠衛哥所言，矛盾的邏輯如同順向旋轉的螺絲將腦袋愈鎖愈緊。「讓我來解釋一下吧！這次可別再打斷我了。」

曹嬤嬤所謂的湯先生正是欽天監湯若望，他本是遠從神聖羅馬帝國來的傳教士，明神宗當朝之際他受禮部尚書徐光啟推薦入朝，曾幫助明軍製作紅衣大砲對抗滿人，隨後為了報答多爾袞的不殺之恩而歸降大清，一時亦受攝政重用。湯若望精通天文和物理學，鰲拜企圖謀反之際，他曾多次獻策給順治帝，皇上駕崩後卻遭天龍黨誣陷入獄。

十六歲的蘇莫隨著曹嬤嬤步入天牢，聽見拖地而行的枷鎖迴蕩在盡頭的燭火闌珊處。「湯爺爺就在那兒。」曹嬤嬤說。

蘇莫隔著鐵欄杆望向老人的背影，牢房的正中央擺了一張小方几，當時他就坐在桌前埋首讀書，兩側還散落一地殘捲。曹嬤嬤壓住她的頭對著裡頭說道：「湯先生，她就是太后的人選。」

湯若望起身緩緩地靠了過來，微弱的火光照在他的異國面孔滿是皺紋，讓蘇莫想起了山海經裡的魑魅魍魎，嚇得她不敢直視對方的眼睛。

「妳叫什麼名字呀？」帶有腔調的氣音在他的喉中沙沙作響。

蘇莫鼓起勇氣抬頭看著他說：「我叫蘇莫。」

湯先生明白天龍黨可能計畫於未來協助巨龍轉世，憂心造成生靈塗炭的他在入獄前夜觀星象，推敲出龍藏經將會在數百年後落腳於現今的台灣。當時太后手中握有足以摧毀巨龍的曜石，那是湯若望自天啟年間導致王恭廠大爆炸的隕石中所提煉出的反物質結晶，必須在巨龍甦醒之際尚處虛弱的狀態下使用，才能及時將其消滅。

而當年隕石釋放的能量在北京王恭廠原址的一處地窖形成了可以穿梭時間的裂痕，蘇莫就是藉由此裂痕來到這個世界，準備執行殺死巨龍的任務。

「既然可以穿越時空，何不乾脆回到鰲拜出生那年將他掐死就好了？」忠順學長又忍不住插了嘴。

「這與時間破碎的方向有關，」誠衛哥說：「裂痕只允許物質在兩個固定的時空區間內來回穿梭，也就是接點的位置。」

「聽不太懂。時空區間是什麼？」我好奇道。

「意思是說，該裂痕只會存在於過去一段約六年左右的時空區間，並且和現今一段約三年的區間相連，過了這兩段區間裂痕就會癒合了。這就好比空間中的三維向量的長度，只是再加上一項時間的參數罷了。而由這四個維度組成之向量的絕對值就是所謂的時空區間，由於宇宙自古至今不斷地膨脹，現代人類世界所處的空間比起過去要大上許多，所以為了保持古今向量的絕對值相等，也就是各參數開平方後再取根號的結果必須一致，才會造就過去的時間區間比起現代要來得長的現象。」

「完全不能理解……」我又接著問他：「那麼在穿梭之後，人會落在區間內的那個時間點呢？」

「這是機率問題，只要是在區間內的時間軸上都有可能。」

「那假如穿梭時不幸落在區間的終點，不就再也無法回到原先的世界了？」

「你講得一點也沒錯！很有概念，這確實是一項風險，」誠衛哥轉頭看著忠順學長說：「所以說，穿越時空並非簡單的事情，是要付出代價的。人在穿梭的過程中衰老不會停止，回到原點的當下也必須接受自己相對於他人已經變老的事實，就拿蘇莫來說，她上一回見到陳忠順的時候是二十歲，而現在已經二十五歲了。」

「狗屁！我根本沒見過她！」學長抗議道。

「那是當然的，她上次遇見你的時間點要在未來才發生，嚴格來講也不存在於這個世界。」

「你到底在說什麼瘋話！」

「蘇莫上一次來到現代是在距今一年之後，離時空區間結束只剩下一年。當時她並未成功阻止巨龍轉世，天龍黨的勢力更在三百年間逐漸強盛，」誠衛哥看著學長說：「當年蘇莫遇見了你和我，你還因此受了重傷，也由於最後任務失敗了，我遂跟著蘇莫一起回到過去，企圖藉現代軍火的優勢消滅古代的天龍黨，卻由於自己一時心軟沒有斬草除根。而當我和蘇莫又再度來到現代確認成果，才發現關於天龍黨的一切並未產生顯著的變化，並且還有更加茁壯的跡象。」

我再度問道：「雖然我從頭到尾都沒有聽懂穿越時空的細節，但就目前所理解的，誠衛哥你應該是現代人沒錯吧？」

李誠衛苦笑了一聲，「你看我像清朝人嗎？我只是到清朝轉了一圈又回來了……」他回憶起了自己早先加入計畫的那些年所發生的事。「想起來都覺得頭頂發涼。」他摸著額頭說。

李誠衛身為國家安全局的特勤幹員，負責調查可能對台灣造成威脅的民間活動。一天下午他就坐在落地窗前瀏覽警察機關的通報備忘錄，嘴唇抿著咖啡杯直盯著熱氣後方的電腦螢幕，頓時一則弔詭的訊息引起了他的注意：

「文林派出所接獲一段由公共場所撥進來的留言，尚未查證通報者身分，主要的內容是，疑似有某境外恐怖組織計畫在近期盜取國家的重要文物。」下方還有兩項附註，其一：「龍藏經會在三個月後於國立故宮博物院展出。」另外一項則寫道：「電影院槍擊案。」指的應該就是幾個月前發生在西門町的無差別攻擊事件，至今還沒抓到兇手。

撥通警政署的專線想確認更細部的消息，卻沒有得到太多的資訊，接著由對方提供的號碼找到一家位於木柵的網路咖啡廳，向店家調閱了監視器畫面，發現有一名頭戴鴨舌帽的可疑男子，他似乎是趁著店員不注意使用櫃檯的話機留下前述的訊息。隨後李誠衛又查了路口的監視影像，才終於確認通報者經常出入的地址。

那是一棟三層樓的老舊公寓，緊鄰景美溪的堤防，左鄰右舍的陽台上都擺放著各式翠綠的盆栽。順著扶手走上樓梯間，滲水的牆面散發出刺鼻的霉味，他原本想假扮成推銷員挨家挨戶打探各個樓層，卻直接被一道在二樓敞開的鐵門給吸引了進去。

走入夕陽飽滿的客廳，即便李誠衛理解這個舉動實屬標準的私闖民宅，但好奇心依舊催促著步伐向前，而當右腳正要踏入臥房時，發麻的背脊瞬間牽動身為探員應有的警覺，他估計在不到兩米的距離內有人就站在自己的正後方。

他倏然轉身想拔槍壓制對方，卻被迎面而來的迴旋踢擊中了手掌，對方再將落地的手槍踢到沙發底下，接連出拳攻擊，雖不到招招致命，卻是連一絲緩頰餘地也沒有。李誠衛跳過茶几把沙發踢了過去，立即蹲身試圖撿起手槍，然而對方卻又迅速地將沙發踢回來，迫使自己騰空一躍，落下時正好就站在沙發上頭，此刻他才驚覺自己面對的敵人竟是一位年輕的女生。

他暗忖，現在才表明自己是位保險專員未免也太唐突了，況且哪有推銷員會隨身佩戴手槍。當雙方氣息凝結於尷尬的場面時，一名頭戴鴨舌帽的男子突然出現在門口。

「忠順！你沒怎樣吧？」女生擔心地跑到男子身邊，剛才的凶猛模樣瞬間消失了。

李誠衛趁他們不注意撿起了地上的槍，於是男子趕緊抓著女生往外逃，李誠衛追到了門口，赫然發現有兩名員警舉槍指著自己！

「快把槍放下！」警察大聲喝斥。

他放下槍並舉起雙手，正想拿出證件時，另一名警察激動地大喊：「不要動！」

「冷靜⋯⋯冷靜！只是一場誤會，」他瞄了一眼自己的西裝內側，「我的證件在右邊的口袋。」

警察將他的雙手反銬，接著翻出他的證件，並疑惑道：「國安局？」

「對，我是國家安全局的探員⋯⋯」

回到了警局，這起事件由分局長親自偵訊，而那對看似尋常人的情侶就坐在李誠衛的左右側。頭戴鴨舌帽的男子率先告訴局長：「從兩個月前開始，經常有可疑分子在住家附近徘徊。今天下午我出門買便當，回到家中發現自己的狗就死在門口，脖子幾乎要被砍斷了，所以先去了派出所報案，之後就遇到這名男子闖入家中。」

局長聽完，便看著李誠衛說：「那麼⋯⋯李幹員，能否請你解釋一下，你為什麼會出現在他家客廳嗎？」

「我不方便在此說明，本案與國家安全有關，我必須單獨接受偵訊。」

「好！就先讓他們到外面休息吧。」局長吩咐警員將情侶帶出去。

偵訊室的門再度關上了，局長走到對面的位置請他坐下。「現在可以請您說明一下到底發生了什麼事嗎？」

李誠衛將備忘錄的內容，以及這兩個月以來的調查結果告訴了局長，並且說明頭戴鴨舌帽的男子就是通報文物竊取計畫的人，有必要徹底了解這對情侶的背景和通報動機，他們不但行蹤詭異，女生甚至精通武術。最終經過警政署與國安局的溝通協商，警方決定先以偷渡的名義羈押該名女子，再交由李誠衛繼續追查通報內容的真偽。

「妳……沒有身分證？」坐在偵訊位置的李誠衛看著女生說。

「沒有。」

「聽妳的口音應該不是台灣人，哪裡來的？」

「我是大陸來的交換學生，」女生瞪了他一眼：「警方無權羈押我！況且你看起來也不像警察。」

「沒錯！我不是警察，」李誠衛笑著說：「但這並不重要，現在你們的處境相當危險，勸妳還是乖乖配合我，說出通報的動機。」他刻意誤導女生，讓她以為戴鴨舌帽的男子如同自己一樣遭到羈押。

「你們想對忠順哥怎麼樣！我看這整個國家全被天龍黨給收買了！一群走狗！」

「天龍黨？」李誠衛對於這陌生的詞彙感到訝異，那像是科幻小說裡才會出現的字眼。「先別誤會，我不是壞人，只要你們將原由都告訴我，基於維護國家安全的立場，我必定盡全力保護證人。」

隨後女生報上了她的名字——蘇莫，並且將天龍黨這三百年來的計劃，以及自己穿越時空的事情告訴了他。而面對這等荒謬情節，李誠衛自然是無法接受，但由於可能造成的危難在即，經查證，也發現對方口中的天龍黨，及其勾結的境外組織確有其事，不但如此，這個來自北歐的跨國集團還擁有強大的軍火，確實危害到了國家安全，所以李誠衛遂決定先將訊息呈報給主管，由高層來作定奪。

「這就是蘇莫『上一次』來到現代所發生的事，當時我將荒誕的情節寫成一份正經八百的書面報告，卻沒有獲得上級關注，甚至由於私闖民宅被剝奪了偵辦權力，」李誠衛眼神發亮地說：「後來得知警方有人企圖對蘇莫滅口，才又燃起自己追根究底的決心。」

「上一次？」我納悶地問了：「雖然我還是沒有完全搞懂，但聽起來像是學長曾經試圖阻止一場陰謀，結果不幸失敗了，所以你才又決定回到古代消滅天龍黨嗎？」

「一點也沒錯，」李誠衛由衷地感嘆：「在回到古代之前，我們確實做過不少努力，現在想想可都是革命情懷呀！竟有些懷念了。」

我背對窗戶看著落日餘輝將眼前這三人的影子拉得很長，他們像是登上舞台的皮偶，在木柵的老舊公寓中上演著仿若前世的記憶。

總統大選在即，老早失去民心的龐麟山明白自己已無法連任，在位期間籌畫與對岸統一的夢想必然功虧一簣，自小就未曾失敗的他承受不起這份遺憾，遂決定聽取天龍黨的陰謀。對方告訴龐麟山，只要派激進黨工偽裝成反中人士，並在博物院內發動恐怖攻擊，藉此抗議這座緬懷中華文化的思想工具，民意自然會倒向親對岸政權的國黨。然而事實上，當時天龍黨僅僅想趁機奪取龍藏經，好釋放巨龍。

由於執政單位幾乎都被攏絡了，李誠衛只好尋求在野勢力的幫忙。一天夜晚，他偷偷潛入民黨主席曹瑛仁的辦公室，他知道主席當天接老婆下班之後，會獨自回到黨部接一通重要的電話，因為稍早他冒用了民黨委員的手機號碼給主席留了一則訊息，表示自己可以提供現任總統洩漏國安機密給對岸的線索。

曹瑛仁才關上辦公室的門，便發現窗戶沒有如往常關著，此時李誠衛從窗外翻了進來，雖然手上拿著槍，見到主席後卻立刻卸下彈匣。

「曹主席好，」他深深地一鞠躬，「請您放心，我不是來找麻煩的，當然，您現在也應該明白那通電話是假的，但我真的有很重要的事情想和您商量。」

曹瑛仁面無懼色地望著他，「請講。」李誠衛並沒有將龍藏經的故事告訴他，只提了恐怖攻擊的內容。

「你怎麼會知道這件事？」曹瑛仁問道。

「我是國安局的特勤幹員，原本接獲線報要調查本案，卻受到當局百般阻撓，現在已經被打入冷宮了，」他冷笑著說：「再不行動，證人恐怕要被滅口了。」

「民黨自三年前失去執政，現下已無法觸及權力核心，我該如何幫忙？」

「您可以……在當天無預警參訪博物院。」李誠衛露出一抹微笑說：「當然，必須帶上最精良的隨扈。」

於是曹瑛仁答應了他的要求，並安排自家媒體於當天祕密錄影館內的情況，還動用了黨團力量悄悄救出被警方羈押的蘇莫。

行動當天，六、七名隨扈跟著曹主席正要通過博物院的安檢門，竟被安管人員擋了下來，「曹主席您好，今日參訪本院怎麼沒有事先申請呢？」

「我只是一般的民眾，隨行人員也都有購票，何需申請？」

「您誤會了，我並非有意刁難。博物院平日遊客很多，您又是公眾人物，現在入院可能會造成群眾圍觀，對於展場秩序的維護將造成困擾。本院夜間閉館後都有開放給專門人士的參訪，您不妨跑個正式流程，稍後我們會為您安排宴席。」

如今館內的空調設備似乎壞了，但院方依然不顧文物的安全，堅持繼續開放遊客入內，潮濕的展間猶如烤箱令人窒息，不少掛在牆上的書畫已在尾端微微蜷曲。而這等不尋常的情況，當然是源自於李誠衛口中的陰謀。

展場內忽然傳出騷動，數名身穿獨立民政府背心的武裝士兵手持自動步槍在展廳間掃射，卻有意地避開人群，燥熱的大廳尖叫聲四起，場面相當混亂。而民黨媒體人員早已潛入展場，並冒險將影像傳送到網路的直播平台。

當支援警力抵達現場，與恐怖份子火拼之際，樓上霎時傳來大片玻璃破碎的聲音。手持小型攝影機的記者立刻對著同伴說：「趕快上去看！」

畫面一路被帶到了展場三樓，發現有兩名身穿西裝的男子正在龍藏經的展示櫃前打架，其中一位戴皮手套、頂著光頭的男人，手持一把三十公分長像是扁鑽的武器；另一位則是戴墨鏡的李誠衛，他正赤手空拳地和光頭男搏鬥，腰際的槍似乎來不及拔出。一旁則有數十名大男人包圍著蘇莫纏鬥，蘇莫的身形嬌小，卻絲毫不遜色，男人們幾乎像是陳列的骨牌接連倒下。此時一只冒出乾冰氣體的金屬方箱被抬到了展示櫃前，裏頭透出藍色的螢光，幾名男子試圖將經書搬進箱內，指揮他們的老人已白髮蒼蒼，下垂的眼袋中彷彿藏了數條肥蠶。

我忍不住打斷了誠衛哥的故事：「那當時忠順學長在幹麼？」

陳忠順不免抱怨道：「哭夭唷！我哪知道……都聽他在講。我根本什麼都不知道」

「畢竟那是上一次蘇莫穿越時空所發生的事，他當然什麼也不知道。」李誠衛停頓了片刻，再度幽幽道來：「陳忠順當時就躲在柱子後方等待時機，一旦天龍黨解開了封印，他就要立刻拋出曜石消滅巨龍，必須分秒不差。」

「結果呢？」我問他。

「結果我們失敗了，曜石的能量已在穿越時空的過程中被裂痕所吸收，關於這點，我們也是後來才發現的。而天龍黨的後援實在太多了，當陳忠順正要衝上去拋出曜石，隨即被一旁的黑衣人給砍傷，鮮血灑落經書的外皮，瞬間射出炫目光芒，眾人為之驚嘆。接著他們成功地釋放滅世巨龍，巨龍逐漸長大的身軀擊穿了博物院的屋頂，所幸穿透雲層的豔陽得以壓制牠的妖氣，也好在曹主席的隨扈及時趕來，否則我們恐怕難逃天龍黨的魔爪。最終他們便以鋼索從上方逃走了。」

「我還以為滅世巨龍強大到能夠摧毀整座城市。」

「在那個當下也只是成形而已，想要完全轉化還是需要更多時間。」李誠衛看著學長說：「當時陳忠順為了保護蘇莫，甚至以受傷的背部抵擋巨龍的火焰，之後即便經過數月的治療，依然無法剜去持續增生的腐敗組織，腫大的疤痕每夜都透出紅光，同時伴隨著極大的痛苦。」

蘇莫總算開口了：「而那道疤痕，就像忠順現在身上的刺青一樣，是條捲曲的毒龍。」

「騙肖仔！這明明是陳頭師傅幫我刺的。」忠順學長再度抗議道。

李誠衛看著地板，腦袋微幅晃動，「關於這點，我也不曉得具體的原因到底是什麼，畢竟穿越時空造成的因果矛盾目前尚無驗證的方式。只能說，後來我跟著蘇莫回到三百年前的許多行為，可能已經造就某些現實世界的變化。」

「那麼你們回到清代之後又發生了什麼事？」我問他。

「起初看似順利，但再度回到現代後才發現古代的天龍黨根本沒有被自己剷除。這也是為何如今必須在此向你解釋這些事情，一切又要重新來過了！」霎時間一股怨念縈繞在誠衛哥的頭頂。「當時我帶回曜石拜會孝莊太后，在反向的時空穿越間，曜石又恢復了原有的光澤，但當下我們並未察覺有異，也到了天牢探視湯先生。儘管在他們的世界裡，由於時序的錯亂，蘇莫曾經穿越到現代的事實並不存在，他們只將蘇莫當成自己扶養成人的時空使者，橫空出世地帶來另一個世界的訊息。然而湯先生理解整件事情的前後邏輯，或許他早已盤算過自洽性的假設，任何因果倒置的結論在他的腦袋裡都是成立的。總之他相信我們的到來是要幫助康熙帝消滅苟延殘喘的天龍黨。」說話時，李誠衛走到窗前披上月色。

「但最後沒有成功嗎？」我問他。

「沒有……當時我用槍指著天龍黨首領的遺孀，卻完全沒想過她懷中的男嬰會在三百多年後成為天龍黨敬拜的真龍祖師。隨後我和蘇莫又再度帶著曜石回到現代，也就是你我當下存在的時空，卻在裂痕處遭遇天龍黨的伏擊，這才知道真龍祖師已留下遺訓，吩咐後人要在現代的裂痕開啟之後封鎖出入口，藉此殺死我和蘇莫，」他摸著眼角的疤痕說：「當然，經過這次的穿越，曜石又失去了原有的能量。」

「聽起來你們又要無功而返了。那麼……殺死黃啟豐的黑衣人就是天龍黨的成員嗎？」

「關於這點你只猜對了一半，因為你們所見到的那個人並非黃啟豐。黃啟豐早被天龍黨的人給收買了，並且要他答應讓對方假扮成自己的容貌，藉此熟悉院內的環境，以便觀察經書的保管流程。」

「所以新聞中的斷頭男人才是黃啟豐囉？」

「沒錯！」他繼續補充道，「一開始得知黃啟豐的身分遭到假冒，我們便藉由他平時有上養生館的習慣在林森北路的按摩店逮到了他，並早早釐清真相，然而這件事卻被天龍黨的人給掌握了，最終導致他被殺人滅口。原先我計畫通知警方，準備要在黃啟豐下回收錢時偵破天龍黨位於萬華的分會，仍趕不及救他，警方甚至沒抓到半個人影。而假冒的黃啟豐得知本尊的身分被媒體曝光後，估計自己也將遭遇不測，我本要搶在天龍黨下手前解救他，然而正如你當天所見，也是晚了一步。」

此時蘇莫的手機響了，「喂？」她的眉頭老是深鎖，彷彿千絲萬縷的銀線纏繞在腦中，「好，我知道了。」隨即將電話切斷。

「是石獅會嗎？」李誠衛說。

「嗯……他們說襲擊林森分會的兇手已經抓到了，要請我們過去決定是否要把犯人交給警方。」

我好奇地問：「台灣也有石獅會嗎？」

李誠衛笑了一聲說：「不但有，比起天龍黨還壯大了許多。世界上只要有信仰風獅爺的地方就有石獅會的蹤影，國共內戰時期也是在他們幫忙下，政府才得以順利地將龍藏經運抵台灣。「那麼……你們現在既然有警方的協助，又有石獅會在後台撐腰，要消滅巨龍應該算是件輕鬆的事情吧？」

「我也希望如此，但是……」

「但是什麼？」

「雖然說石獅會是當初太后為了追捕天龍黨所佈下的天羅地網，但就如同世界上曾經存在過的所有組織一樣，任何擁有共同目標的群體，一旦結構發展成熟，權責劃分得夠明確，終將成為涵蓋複雜裙帶關係的大型集團，加上階級的傳承容易導致內部鬥爭，組織在數百年後的質變是能夠被預料的結果。況且少了曜石強大的力量，我們根本沒有把握能以現代的武器殺死巨龍。」

蘇莫緊接著補述：「所以我們並不全然信任石獅會，也很懷疑彼此表面上的合作，是否僅是一項間接協助他們於某些利益糾葛對抗天龍黨的交易罷了。總而言之，我不認為能夠仰賴石獅會來消滅巨龍。」

「沒錯！目前只是暫借一臂之力。」李誠衛說。

忠順學長終於又不耐煩地抱怨了，「講這麼多……到底是要我們幫什麼忙？」

「總算要進入事情的重點了嗎？」李誠衛說。

「幹！是你自己要在那邊東扯西扯……講了一堆穿越時空的屁話。」學長起身面向窗外伸展筋骨。

李誠衛神情專注地看著我：「我想讓陳忠順和著蘇莫一同回到清朝分別藏匿龍藏經和曜石，然後由李毅任和我分別在此找出它們，並消滅巨龍。」

「龍藏經現在不就在故宮博物院嗎？」我問他。

李誠衛面向窗戶，對著學長的背影說：「在他們回去的當下，我們的歷史就會受到改變。蘇莫會在古代掉包龍藏經，以便於我們能在現代找到它，而至於他們能不能成功地藏好經書，就要看陳忠順的表現了。」

忠順學長並未轉身，他過分安靜的舉動令人茫然，而我卻能隱約看見他內心的顫抖，那像是創傷後留下的恐懼。「我不去！反正我什麼都不會，也幫不上任何忙。」

蘇莫罵他：「你這人也太自私了！難不成整件事情都與你無關？」

「本來就與我無關！雖然搞不懂整件事的前後邏輯，但感覺上就像是妳自己硬要纏著我，一次不夠，現在還敢再來！我可經不起古人三番兩次的糾纏，妳以為自己是在打電動，死了還可以讀檔重玩呀！」

「陳忠順，我對你失望透頂了……」

場面頓時有些尷尬，我只好順著誠衛哥的提議再把話題接下去：「你們準備將東西藏在那？」

蘇莫落寞地說：「隨機應變……」

學長大喊：「說什麼鬼話……李毅任你看！他們根本就沒有十足的把握！」

蘇莫揶揄道：「我猜你是怕了吧？沒用的男人！」這次學長竟然沒有反擊，遂也表現地不以為意。

李誠衛悶咳了一聲：「先這樣吧！蘇莫，看來三屍命案的凶手已經抓到了。我們這就先去見石獅會的人，午夜再回來討論。」

「你當這裡是自己家呀！」面對學長的大聲抗議，誠衛哥並未顯露一絲不悅，或者是任何反駁的意志，可見其為所欲為的心態。

隨後他和蘇莫就像是專業的探員一前一後地走出了大門，就連關門時所發出的聲響也讓寧靜的夜晚蒙上一層詭譎的氣氛。

第三章

誠衛哥一離開，忠順學長便急忙衝進臥房，跟上去看，發現他正在收拾行李。

「你想幹麼？」

「準備逃難呀！窩在家裡等他們回來不成？」

「為什麼要逃走？」

「李毅任你是白痴呀？沒聽見他們兩個像瘋子說一堆聽不懂的鬼話。那個什麼蘇莫……我猜應該是精神異常才會說自己是清廷派來的時空使者！更別提那個李誠衛了，根本就是中情局的假警察嘛！唉……真正是堵到肖仔！」

「你想講的是國安局吧？」

「管他中情局或國安局，總之就是政府派來的惡棍！」

「那麼你之後要住在那？」

「先走再說吧！反正我下半年的租金早結清了，房東應該不會跟我計較那麼多。」

「那好吧！你有什麼東西需要我幫忙的？」

「先去檢查電器插座，還有瓦斯也順便幫我關起來。」

於是我拔掉屋內所有電源，再走去浴室確認水龍頭都已經關好，接著來到後陽台將瓦斯桶的氣閥轉緊。正要返回客廳時，轉身看見學長平常掛在身上的護身符被晾在衣架上，擔心他等一下會忘記帶走，便順手取下放入右邊的口袋，那是一枚十元硬幣大的金屬片，套在上頭的棉線還濕濕的。

「李毅任！快點出來啦！要走了！」門口傳來學長的呼喊。

「好！過來了。」

穿過防火巷來到大馬路上，深夜裡多數商家已經熄燈，一彎新月高掛天邊，像個蒼老的靈魂凝視著大地。此時正好有輛通往市區的巴士就停在對面的速食店前，我們立刻拔腿狂奔，卻來不及趕上，不慎撞到才剛下車的一對喇嘛。男的身裹長袍，女的則穿著沙龍褲，他們搖了搖頭似乎想表達不要緊的意思。

「哭夭唷！司機是沒看到我在招手嗎？」

「感覺那是末班車，要改搭計程車嗎？」

「算了……剛好我們也都還沒吃晚餐，今天就住麥當勞吧！還是你想先回營區？」

「沒差啦！就陪你在外面待一夜吧。可是躲在離家這麼近的地方，沒關係嗎？」

「最危險的地方就是最安全的地方，不用怕！」他很有自信地說。然而事實上我根本完全不擔心，因為誠衛哥看起來就不像會危害我們的人。

學長去櫃檯點餐時，我坐在二樓的落地窗前俯瞰夜色中的木柵街景，行道樹旁的兩位喇嘛還佇立在站牌前，表情有些激動，似乎在爭論該往哪邊走。街燈照在他們鮮豔的僧袍及以橘黃色的法帽，映出布料厚實的質地，不禁納悶怎會有人在這樣熱的天氣裡穿成那副德性。五分鐘後他們穿越馬路步入小巷，那剛好是學長家的方向，途中還被往來車輛按了好幾聲喇叭，一看就知道不是住在都市裡的人。

「嘿！」學長將餐盤下，「你在看什麼？」

「剛才那對喇嘛呀！他們好像迷路了。」

「是唷……管他的，」他將番茄醬擠在餐盤上，「來！先吃再說。」

隔壁的大桌子來了一群學生，他們從垃圾桶旁的插座拉了一條延長線，上頭塞滿了手機和平板電腦的充電器，大概準備在這兒玩通宵，原來今天是週末夜呀！難怪店內擠滿了人，男女老幼、夫妻情侶都有，遊憩區也不時傳來孩童的嘻笑。

「嘿！你說他們會不會通緝我們？」我看著狼吞虎嚥的學長說。

「你有犯罪嗎？」

「沒有。」

「沒有，那你怕什麼！我才要報警抓他們咧！」他擦掉嘴角的番茄醬繼續說道：「其實我以前進過拘留所……」

「為什麼？」

「高中幫堂口的人藏過槍呀！」此話一出，隔壁桌的學生全都默默抬頭，瞄了我們一眼，學長惡狠狠地瞪了回去，嚇得他們趕緊轉頭。

我又小聲地問道：「那麼……學長，你以前開過槍嗎？」

「有！大哥私下教我的，但我從來沒有傷過人！」

「是唷……」我開玩笑地說：「期待有天能派上用場。」

「哭夭唷！別開這種無聊的玩笑。」

約莫有一個鐘頭的時間裡，我和學長都沉默地看著壁掛電視，新聞又捎來一則市區的大規模幫派駁火事件，似乎死了不少人，甚至出現戰爭級別的軍火。

學長說：「最近是怎樣，治安這麼差，社會上都出這種的。我看台灣要亡國了。」

「再怎麼說也只是少數人吧。」轉頭看見剛才那對喇嘛又出現在馬路對側，像是搞錯了方向又沿原路走回來。男的尿急似地步伐相當扭捏，果不其然，一分鐘後兩人就走上餐廳二樓來找廁所，怪異的穿著立刻吸引所有目光。

他們在洗手間的門牌前表露困惑，彷彿對於男廁標示的藍色小人頗有異議，或許對他們而言，女生廁所的紅色小人才是健康的顏色吧！最後那位穿長袍的男喇嘛居然走入了畫上長裙的門，而穿沙龍褲的女喇嘛反倒進了男廁。依照圖片標示，他們的選擇或許是正確的，也好在裏頭沒有人。

「你看那兩個白痴！是看不懂標示嗎？」學長不經意地說。

「根本是外星人。」自己也只是附和著他，心中反倒有些同情。

過了一會兒，那對喇嘛像小偷般躡手躡腳地走了出來，左顧右盼地擔心引來非議。此時學長突然想起了什麼，大喊一聲：「幹！我有東西忘了拿……」

我從口袋取出原本掛在衣架上的護身符說：「你是指這個嗎？」

「對！這是我爸給的護身符。早上洗臉沾到水才把它晾在後陽台。」

「好險我有幫你收起來。」

一不留神兩位喇嘛竟悄然出現在身後，並且那個女的還搶走我手中的護身符仔細詳查。面對這魯莽的舉動，學長憤而起身，卻被男喇嘛用力壓制在桌面，一旁民眾見狀皆紛紛走避，家長們趕緊抱起孩童跑下樓。忠順學長叫道：「你們要幹麼！」只見對方用異國語言交談，趴在桌上的學長顯然對他們構不成威脅。

接著女喇嘛拖起我想走出餐廳，衣領被猛烈拉扯下幾乎快喘不過氣，被甩開後跌倒在地的學長奮力起身撲上前來，男喇嘛冷不防地自長袍底下抽出猶如金剛杵的法器，咻的一聲在前端彈出閃閃發光的刀刃，就指著忠順學長的額頭。沒入肌膚毫米的尖端在表皮劃出些微血痕，相較於他頭頂流下的大量汗水或許不算什麼，但那鮮紅血色印在眼簾，強烈加速我胸口的心跳。所幸突如其來的暗器打掉了喇嘛手中的金剛杵，從樓梯口躍起的蘇莫踏過女喇嘛的肩膀瞬間將男的踢倒，一個轉身又擊飛了抓住自己的女喇嘛。

李誠衛也及時出現在後方拔槍喝斥，槍口竟被翻身而起的敵人踢落在地，他出拳反擊，屢屢被身法矯捷的女喇嘛躲過。蘇莫這邊雖然招招命中男喇嘛的要害，然而相對柔弱的力道卻總穿透不了他那結實的肌肉。

「誠衛哥！我們交換吧！」蘇莫轉頭說道。

「好！」

帶著與生俱來的默契，兩人瞬間交換守備位置，接下來的戰局就變得明朗許多了。蘇莫的快拳打得女人措手不及，儘管敵人在桌椅間翻來覆去，終究抵不過那種令人窒息的節奏，最後女喇嘛被蘇莫一記迴旋踢擊飛在遊憩區的球池中。

而李誠衛帶有勁道的招式也讓男喇嘛招架不住，即便敵人趁隙撿起彈出雙刃的金剛杵，最後還是被誠衛哥的快腿踢出了落地窗，掉落在一樓的人行道上，僧袍下的右腿還抖動了好一陣子。

結束之後，誠衛哥容地撿起地上的槍收回腰際。他說：「陳忠順，你是不是忘記怎麼開槍了？你剛才其實有很多出手機會。」經過這驚險場面，忠順學長總算覺悟了，他確信自己再也無法逃離對方的糾纏。

碎裂的落地窗外來了三台深色休旅車，就停在速食店的門口，其中一輛車的後座出現一名光頭男，他踏上人行道漫步到屍體旁邊，彎下腰確認死者身分，便一個指令叫喚車上的手下，各個西裝筆挺，全都朝著二樓衝上來。

誠衛哥快步走向僅允許員工通行的小門，他開槍打壞鎖頭，確認裡頭沒人才讓我們進去。陰暗的長廊盡頭掛著一扇百葉簾，月光篩過葉片在地上形成漸層的光徑。誠衛哥藉由葉片之間的縫隙觀察外頭的情況，從這兒到一樓的地面約莫有兩米高，然而面對步步逼近的追兵，我們不經思索地一個接著一個跳入後巷，再沿著鋪鵝卵石的地板途經逐戶相接的夢境，最後從一旁的小公園鑽了出來。

「你們先在這裡躲一下，我大概十分鐘後開車過來。」誠衛哥說。

「好，自個兒當心點。」蘇莫望向左側與巷道垂直的大馬路。

誠衛哥的黑色轎車停定在對街歇業的麵攤前，蘇莫示意要我們先穿越馬路到車子的對側。待我坐上了副駕駛座，而學長正要開啟右後門時，她才迅速朝車尾衝過來，隨即從左側上了後座。起步後，高速旋轉的齒輪將眾人拖往後方，不料才剛過第一個彎道，就發現敵人的休旅車已緊追在後！

「這麼快就被跟上！想必他們老早包圍了整個社區。」李誠衛一邊調整後照鏡的角度一面說道。

蘇莫探頭說道：「三台車，還行！出了隧道應該就能全部甩掉。」

「以防萬一，還是先裝上彈匣吧。」

「好的，」蘇莫轉頭看著剛繫上安全帶的學長，「你先站起來一下。」

「什麼？」學長驚訝道。

「叫你先起來一下，聽不懂人話兒是不是？」

「車子還在開呀！我站起來是要去哪？」

「唉呀！你這人問題可真多。」蘇莫直接解開學長的安全帶，並粗魯地將他拉起扔到自己的左手邊，學長半個屁股就塞在車門與蘇莫之間的狹縫，右腳則靠在她的大腿上。

誠衛哥突然一個急轉彎害得兩人一同擠向車窗，蘇莫沒有顯露一絲尷尬，反倒是學長的雙頰已開始泛紅。

李誠衛透過照後鏡，看著試圖要讓座椅倒下的蘇莫說：「要先壓住椅縫中的按鈕才能拉開。」

蘇莫回頭看著學長，「你也快幫忙找一下按鈕唄！」

「好……」學長的胸口趴在蘇莫的大腿上努力找尋她腳邊的開關，結果車子一個迴轉又讓倆人靠得更緊了。

「你這是在找啥呀！沒看見嗎？」蘇莫扯著椅背焦急大喊。

「找到了！」他話一講完，蘇莫手中的椅背立刻倒下，通往後車箱的開口滑出數支手槍，還有一把步槍的槍管。

蘇莫探頭進入後車廂尋找彈匣，此時跨越雙黃線的誠衛哥開始蛇行，頻繁閃避迎面而來的車輛，車體劇烈搖晃下使得填補彈藥的作業更加地困難了。

「陳忠順！將我拉出去！」卡在洞口的蘇莫叫道。

學長急忙扶著蘇莫的腰際將她拉起，連帶拖出一把步槍和一盒彈匣。

「謝過！」蘇莫迅速地將椅背靠上，接著一股腦兒移到右側，她這才發覺對方漲紅的雙頰，自己也頓時感到害羞。

「你們要快點唷！敵人已經追上來了。」聽誠衛哥這麼一講，發現車窗外的後視鏡中有輛休旅車疾駛而來，左側的窗口還伸出一管槍口。

「誠衛哥！快打開窗戶！」蘇莫手中的步槍已經裝好彈藥了，她熟練地探頭向後方射擊，才兩發子彈就命中了敵人的左前輪，使得休旅車的遠燈在暗夜裡快速打轉。

忠順學長叫道：「哇靠！妳不是古代人嗎？槍法怎麼會如此神準！他教妳的嗎？」他指的應該是李誠衛。

蘇莫竟以極為細小的聲音說：「是你以前教我的……」學長似乎聽見了，卻刻意不作回應。

後來車子駛入了筆直的隧道，左側的涵洞傳來陣陣風切聲，隨著車速愈來愈快，盡頭處的圓點也逐漸放大，然而就在距離出口不到五十公尺處，赫然發現前方的道路已經被三輛箱型車給堵住，誠衛哥立即將車頭轉向，側滑進入涵洞，再經由逆向車道駛出洞口。

「我們要去哪裡？」我問他。

誠衛哥回答：「逛夜市！」

下了高架道路，誠衛哥又拐了好幾次彎才來到人潮擁擠的捷運站。隨後他在天橋下的停車場把槍械裝進一個大箱子，並將車鑰匙塞入輪框內側。

拖著行李箱走進熱鬧的巷弄，我們像極了來台從事短期旅遊的觀光客，藏身於人群中的逃難計畫或許僅為資深探員的慣用手法，然而最終到達的那棟日式洋樓，才真的是令人嘆為觀止的專業隱蔽處所。

復古的騎樓內有座直達第三層的狹窄階梯，室內環境看似尋常住家，但在寢室的床底卻暗藏通往二樓的密道，嚴格來講那是二樓唯一的對外出口，當然並不包括那扇方便監視街道的木製百葉窗。隔著漆面斑駁的葉片俯視街區的攤販，猶如綁著彩帶的蜈蚣一路綿延到小巷盡頭，流動的人群中出現了數名身穿西裝的男子，卻不見光頭男，由此推測追逐我們的肯定不止一匹人馬。

「黑衣人也來了。」誠衛哥緩緩轉動葉片讓縫隙縮得更小，數道人影從對街的頂樓投射過來，清晰可辨的腳步聲也迅速經過我們所在位置的樓頂，可見這一帶制高點都被敵人給佔據了。

「不是甩掉他們了嗎？」蘇莫問道。

「我猜是透過衛星定位，」李誠衛將自己的手機放上桌面，也示意要我們拿出手機，「只有陳忠順的GPS是開啟的。」

我問他：「那現在該怎麼辦？」

學長則自信地說：「關機不就好了？」

李誠衛趕忙阻止他，「這樣讓訊號消失，只是在幫助他們縮小搜索範圍而已。」

蘇莫看著學長的手機，「要不趁尚未久留，讓我帶著手機出去引開他們，即便他們懷疑這個地方，也能幫大家爭取一些時間。」

「也只能這樣了……」

蘇莫帶著手機上到三樓，翻出窗口再沿著洗石子的女牆跨到隔壁的陽台，隨後跳上屋簷躲在山牆後方，接著一個探頭擲出暗器擊中對街樓頂的黑衣人。黑衣人滾落麵攤前造成一股騷動，她趕緊掉頭朝著北面離去，此時待在屋內的我們聽見成群的腳步聲往蘇莫逃走的方向追擊，夜市裡原有的喧囂也由於這場行動變得更加鼓譟。

李誠衛關上百葉窗，轉身點亮室內唯一的光源，那是一盞被灰塵覆蓋的檯燈。「在等她回來的時間裡，正好可以向你們說明接下來的計畫。」

「可以先解釋為什麼他們要追殺我們嗎？他們是天龍黨的人吧？」

他看著我的眼睛說：「沒有錯，就是天龍黨，但一部分也可能是石獅會的人。」

「為什麼？你不是說過……」

「台灣分會已經被滲透了，把我和蘇莫叫回去只是敵人設計的圈套。」誠衛哥打開地上的行李，取下腰際的配槍收進了箱子，並講起他們離開木柵之後所發生的事。

李誠衛和蘇莫稍早來到中山北路的飯店前，自遠處就發覺門口的守衛有些面生，接著他們讓兩名熟人領路前往招待廳，空蕩的迴廊間隱含著詭譎。

台灣的分會長是華裔的沖繩人，維安工作全交給日本籍的保鑣負責，兩排人馬直挺挺地站在入口兩側，華麗的大門內鑲有兩層鋼板，一般小口徑的子彈是無法輕易貫穿的。

「兩位好，這些就是突襲堂口並殺死弟兄的罪人。」分會長望著背對自己跪下的三名男子說道，其中一位表情十分痛苦，外表卻看不出曾被毆打的跡象。

「他怎麼了？」李誠衛的眼神越過三人的肩膀，落在分會長的腳前。

「或許只是肚子痛吧！」分會長開玩笑地說，「怎麼？要交給警方嗎？」

「是的，這樣比較妥當，」李誠衛再抬起頭說：「石獅會必須遵守當初的協議，絕不動用私刑。」

「別擔心，雖然這三條狗殺了我不少手下，但我並無如此打算，」他換了口氣說：「但政府該給我們的方便也不能少，我其實很懷疑你背後靠山的實力。」

「曹主席當選之後必定會履行承諾，往後石獅會交貨就不用再透過地方漁會了。」腹部絞痛的男子頓時抱著肚子在地面打滾，一名魁梧的手下氣憤地站上前去，一把抓起男子準備給他兩巴掌，卻隱約在對方身上聽見頻率極高的警示聲。

李誠衛趕緊壓著蘇莫趴下，眾人也急忙尋找掩護。

砰——

一聲巨響震碎了天花板上的吊燈，幾名保鑣捨身擋住男子體內的炸彈而不支倒地，外頭同步傳來猛烈的槍響，隨即數發彈孔浮現在門面，陰暗的室內變得相當混亂。分會長由手下引導走向後門，李誠衛也拉起蘇莫跟了過去。

「被包圍了！快保護會長！」保鑣們全都拔槍戒備，槍口一致對準大門。

片刻安靜之後，一枚高爆彈擊穿了入口，敵人一個接著一個闖入，各個全副武裝，其中還夾雜了幾位金髮碧眼的男子，當然也包括那名手持扁鑽的光頭男，比起那些配備精良的部隊，他反倒更像帶頭的指揮官，嚴肅的表情藏不住心中的獰笑。

我看著講完故事的誠衛哥說：「所以……你才又立刻趕到學長家來找我們嗎？」

「沒錯，也是為了再談一次稍早和你們提過的事。」

窗外的人潮沒有隨著跨過午夜的時針而消散，從天而降的屍首甚至引來更多群眾圍觀，不時也聽見警用對講機的聲音。

「我是不會答應的！」忠順學長堅定地拒絕他，「憑什麼要我冒這麼大的險回古代？」
「這完全不像你，想當初你是個非常勇敢的人，為了保護蘇莫，連命都可以不要。」
「當初！什麼當初？根本就沒有當初！那只是她自己一廂情願……」
「關於這點，我確實無法反駁，你就姑且把接下來的事情當成是前世的記憶吧！」
誠衛哥口中的當初，指的便是蘇莫上一次來到現代的故事，他又開始講起那段在宇宙中逝去的往事。然而那場經歷已隨著他們當時的離開被完整地抹去，如今擁有那段回憶的人，也就只剩下曾經存在於舊世界的時空旅人了，受到歷史改寫的忠順學長自然無法體會他們的期待。
所謂的前世記憶，僅僅是充滿無奈的思念罷了。

在我耳邊說句話吧！
講什麼呢？
什麼都好，在我耳邊說句話吧，我喜歡你悄悄說話的聲音。
我在妳的耳邊沒有祕密……

秋風捲起最後一片落葉，過了黃昏，灰色的冬天將凝結空氣中的微小塵埃，它們會伴隨著東北季風帶來的雨水落入土壤，完整地封存漂流在城市裡的回憶。當時的蘇莫坐在副駕駛座望著陳忠順的側臉，街景在窗邊飛逝而過，猶如抓不住的話語飄散在風中。那天正好是立冬，街上相當冷清，原本倆人訂了羅斯福路的餐館準備吃中飯，卻由於服務生的一時疏忽被取消了座位，如今他們只是漫無目的地在馬路上遊蕩。把握難能可貴的悠閒時光，似乎連餓著肚子也不成問題。
陳忠順說：「帶妳去杭州吃小籠包好不好？」
「杭州？杭州這麼遠！算了吧，隨便吃點什麼都好。」
車子經過捷運站後轉進了杭州南路，沿著兩側的水泥建築緩慢地前進，最後停在賣小籠湯包的店門口。
「到了！」
「啥？這麼快！這也是新世界獨有的科技嗎？」
「哈！問這麼多幹麼，先下車吧！」
提著竹籠的服務生魚貫越過門檻，白色的霧氣將室內蒸得溫暖許多。待湯包送到了蘇莫眼前，陳忠順才微笑地說：「這裡是台北市的杭州南路，早先外省人在中國吃了敗仗，之後撤退到台灣，街道也一個接著一個改成了中國的地名，很有趣吧！」
「我不懂，什麼是外省人？」
「別管了，妳先吃！」
「哇！這個肉饅頭好好吃呀！」
「以前沒吃過嗎？」
「那當然！三百年後的糧食怎麼可能吃過！」
「沒關係，快吃。這只是點心而已，等一下再帶妳去吃別的。」
上車之後蘇莫再次問道：「你講的外省人，到底是什麼意思？」
「就是原本不住在台灣的人呀！」

「但你的祖上不也生在中國嗎？」

陳忠順嘆了一口氣說：「懶得跟妳解釋，我的歷史也不太好。總之我不是中國人。」

「隨便你！我可聽說台灣住了兇猛的番人，還有與鄭賊勾結的倭寇和佛郎機呀！」

陳忠順仍舊沒有回答，只是面帶微笑地看了她一眼。

前方的紅色號誌燈亮起了，陳忠順打空檔讓輪軸自然地滾動，快到停止線前才徐徐踩了煞車。

「妳去過蘭州嗎？」

「沒去過。」

「我帶妳去吃蘭州拉麵！」

「台北可真是個好地方，小小的城內就能遊遍大江南北！看這兒的路牌，還有潮州、寧波、長安、金山和涼州呀！」講完便看著窗外，嘴邊哼著台語童謠。

> 火車行到伊都，阿末伊都丟，唉唷磅空內。
> 磅空的水伊都，丟丟銅仔伊都，阿末伊都，丟仔伊都滴落來。

帶著稚氣的臉龐，很難看得出蘇莫竟是宮廷自小培育的殺人機器。最早陳忠順是在校園中認識她的，雖然孝莊太后已留下了遺訓，要未來的石獅會好好照料這名來自清宮的時空使者，然而在改朝換代下，甚至於歷史長河中曾經被納入日本領土的台灣分會，始終對這位猶如石子裡蹦出來的娃兒存有疑慮。礙於她的身分敏感，行為舉止又不容於當代社會，石獅會姑且捏造了一張學生簽證，要她假冒來自中國的留學生，以躲避世人的疑慮。

每每在學員餐廳用餐，陳忠順都期待著那名外表清秀的女生能照常坐在隔排的位子上，取餐的時候也會刻意選在她對面的隊伍，依序沿著自助餐檯夾菜，有好幾次都在取同一道菜時不經意碰觸對方的手，尤其是到了尾端的湯桶前，他們總是默契十足的一人拿起一副勺子，再以相同的節奏將湯水舀起倒入碗中，就連放回勺子的動作也一氣呵成，彷若搭檔已久的國標舞者在餐廳裡踩著曖昧的舞曲。

經過兩三次眼神上的確認，他幾乎可以相信對方已經對自己產生好感。一天中午，柔和的陽光依舊灑落在潔白的桌面，陳忠順望著眼前的空位好一會兒，期待下課鐘響能再次喚來她的身影，一旁卻冷不防地來了另一名男同學。

「不好意思，請問這裡有人坐嗎？」

「呀？」陳忠順猶豫了一下說：「應該……沒有吧。」即便那名學生對他口中的『應該』感到困惑，卻是不疑有他坐在自己的正前方，恰巧擋住了那張位子的視線。

在那次之後，陳忠順總算鼓起勇氣走過女生的身旁向她要電話，而這突如其來的舉動自然驚嚇到了未經塵世的蘇莫。

「電話？」她雙眉緊顰，拿出手機說道：「你是指這個嗎？」

「我不是要看妳的電話！」他忍不住笑了出來，「是想請妳留下聯絡方式。」

從小不曾與人建立正常關係的蘇莫，最後竟也對他產生了依賴，起初蘇莫向自己坦承身世，陳忠順只把那些荒誕的故事當作角色扮演的情趣，直到有一回他們在電影院險些遭受天龍黨的伏擊，他才逐漸理解蘇莫口中的陰謀確有其事。

死傷慘重的電影院槍擊案並沒有生還者，免於其難的倆人早已悄悄逃離現場。而面對生命上的威脅，陳忠順卻未曾顯露一絲恐懼，反倒盡全力地想保護蘇莫，最後甚至休學在家，冒險教導她如何使用槍械，並全心全意去幫助她完成這場跨越世紀的屠龍計畫。

李誠衛闖入家中的前一天下午，他們就坐在蘭州市場旁的小吃攤等擔仔麵上桌，即便當時蘇莫心裡明白，眼前的碗公裡裝的並不是蘭州拉麵，但那樸實的香氣卻也如同這段單純的感情令人心滿意足，她回頭擦拭眼角的淚水，顫抖地說：「忠順哥！下回別放這麼多胡椒粉，挺嗆鼻的……」

似乎是受到故事的影響，忠順學長弓起身子坐在木椅上沉默許久。如今窗外的警用閃燈消失了，圍觀群眾老早散去，攤販們也都陸續熄燈，盼著安靜的巷弄走入深夜。

「誠衛哥……我還有一個疑問。」

「請說。」

「為什麼那兩個喇嘛一看見學長的護身符，就想要抓我們？」

「因為陳忠順的血能夠讓經文內的靈魂更迅速地活化。」

「為什麼？」

講到這兒，學長不禁抬頭望了誠衛哥一眼。

「因為他是達賴轉世，仁波切你聽過嗎？」誠衛哥苦笑著說：「陳忠順小的時候還因此上過報紙頭版，但由於雙親都是沒讀過書的人，他的爸爸在收完社會大眾的善款後便風光送客，並將遠自拉薩前來的僧人轉交給自己的信物掛在陳忠順的脖子上作為護身符，往後也不曾再對孩子提過此事。」

上回天龍黨在博物院內初次解開封印之際，塵封已久的巨龍為了掙脫禁錮靈肉的枷鎖進而元氣大傷，當時負責解咒的便衣妖僧發現陳忠順的血居然有活化經文的功效，而這項訊息隨著光頭男以及部分黨員時空穿越的行為被帶到了這個世界，才會衍生出天龍黨想要擒拿陳忠順的計畫。

「那麼……除了光頭男之外，還有誰曾經兩度通過時空裂痕呢？」

「說實在我並不是很清楚，但應該沒有太多人願意冒這種險，畢竟那可是需要完整地拋下一個人的背景、信仰、時代記憶以及普世價值。即便不被上述的衝擊搞得精神分裂，也必定會在心中留下許多既視的錯覺，不幸的話還無法再回到原有的世界。」誠衛哥對忠順學長投以擔心的目光，這反倒令我察覺他自己內心曾有過的創傷。誠衛哥再度提起勇氣問道：「講了這麼多，我再問你一次，這是最後一次了。你願意跟著蘇莫回到清代嗎？」

忠順學長則反問道：「是不是只要我離開這個地方，就可以拖延巨龍成形的時間？」

「就某種程度而言是，但那也只是時間的問題。」

「那是不是只要我回到古代，就可以幫助蘇莫完成藏匿經書的任務？」

「你熟知槍枝的操作，只要帶上現代軍火，必然有所幫助。」

學長停頓了一會兒，接著又說：「是不是只要我跟著她，她就會開心一點？」

誠衛哥倒吸了一口氣，「關於這點，我並不能代替她回答你，畢竟我不是蘇莫。」

學長將臉埋入雙掌，顫抖的指腹在額前留下淺層的印痕，隨即他迅速地起身說道：「好！我去！反正待在這裡也不知道要幹麼。」

誠衛哥喜出望外地看著我說：「那你呢？李老弟願意幫忙嗎？」

「如果只是要留在現代找找經書，我沒有意見呀！」然而不免想先提出自身的需求，「但是……我現在還在服役，出入境不是很方便。」

「這點你用不著擔心，要放多久的假，甚至是直接申請免役都不是問題。」對於他的回覆我完全不感到訝異，畢竟這小小的抱怨就是在試探誠衛哥的能耐。

忠順學長收起了放蕩的態度，認真地問誠衛哥：「可以請你再說明一下具體的任務嗎？」

「眼看現下已失去消滅巨龍的籌碼，政府高層和台灣分會或許早被天龍黨給滲透了，現在你和蘇莫必須直接飛到北京尋找王恭廠的地窖遺址，在同個時間點，我和李毅任則分別前往沖繩和南洋，等大夥兒都就定位之後，你們就穿越裂痕完成藏匿經書和曜石的任務，並要給清朝的石獅會傳下口信，讓我們知道確切的藏匿地址。你們一定得非常地謹慎，因為我們目前無法確定各地石獅會被滲透的狀況，中途必然會遇上干擾。」

「好！那麼武器的部分，我若到了北京，要去哪裡找到傢伙？」

「下飛機之後，自然會有人主動聯繫你們，雖然我安排的人員並不曉得龍藏經的計畫，但他可以提供完備的火力，你必須假裝自己是國安局的間諜，才不會引起不必要的麻煩。」

「瞭解了。」學長的眉頭依舊深鎖，似乎在確認自己是否已考慮到所有細節。「那麼……關於穿越裂痕，在進去之前，有什麼事情是需要特別注意的嗎？」

「這點你不用擔心，到時候蘇莫自然會教你。」誠衛哥像在隱瞞些什麼。

我打斷了他們的對談，「誠衛哥，你們確定不先嘗試直接消滅巨龍嗎？」

「就目前的情況來看風險太大了，首先博物院的戒備森嚴，不是靠我們幾個人就能盜走經書，再者，台灣石獅會幾近瓦解，他們原本就不太肯幫忙，況且現在會長又受了重傷，再加上缺少曜石能量的幫助，要在未有民眾死傷的條件下消滅巨龍，根本是不可能的事！」

見他如此激動，我只能語帶失望地說：「我瞭解了。」

此刻天花板傳來了叩門聲。

「她回來了！」

「等一下！你們先退後。」誠衛哥走到陰暗處拿出一支掃帚，以尾端在距離暗門五公尺處的壁面上輕敲了幾聲。

叩叩——叩叩叩——叩叩——

對方也回應了恰似暗號的聲響。

叩叩叩——叩叩叩——

李誠衛對著上頭大喊：「請問火車開到哪個地方就會下雨？」。

女生的聲音回答道：「山洞裡！」

隨後他就小心翼翼地放下通道讓蘇莫進來。

「為什麼會是山洞裡呢？」我好奇地問了。

「我隨便問的，應該沒有正確答案。」

「什麼意思？」

「只是要確認她的聲音而已。」誠衛哥理所當然地說。

不甘心的我又繼續追問蘇莫：「所以妳也知道是個這樣子嗎？」

「是呀！一直都是這樣作確認！有什麼好奇怪的！」

「但是為什麼……為什麼我聽起來就像是正確答案？」

此時，坐在角落的學長淡淡地說道：「因為那是丟丟銅仔的歌詞……」

不知為何，學長的這句話讓原本還在喘息的蘇莫潸然淚下，彷彿深藏暗處的花苞霎時綻放在充滿霉氣的老房子裡，倆人也瞬間散發出相似的氣息。

那夜，他們就像私奔一樣共赴北京，誠衛哥和我也展開了後續的計畫。在搭上沖繩的飛機前，誠衛哥曾向我提起，那個確認聲音的方式其實是蘇莫教他的，他竟不曾想過問題的背後是否有著正確解答，也總是回答不同的地名。

或許〈丟丟銅仔〉的歌詞是存在於學長和蘇莫之間的默契，穿梭時空的故事逼得他無法逃避熟悉的既視感，也只好乖乖地妥協那段不曾屬於自己的過去。到此，他停擺的日子總算接上了，終究有了自己存在的意義。

火車行到伊都，阿末伊都丟，唉唷磅空內。
磅空的水伊都，丟丟銅仔伊都，阿末伊都，丟仔伊都滴落來。

第四章

下飛機之後，我依照指示留在航廈大廳等待石獅會的領路人，約莫過了半小時，一名自稱是金城的男子在販賣機前的座位找到了我。

「你看起來很年輕呀！」他的中文略帶當地口音，外表卻絲毫沒有日本人的氣息。「想喝點什麼？」

「咖啡，麻煩你了，我身上沒有零錢。」

「熱的嗎？」

「好，熱的。」

開往市區的路上，他發現我握著罐裝咖啡暖手，便貼心地將車窗關上。

「今年的秋天特別冷，台北的天氣怎麼樣？」

「跟往常一樣。」

他苦笑著說：「我沒去過台北，那邊現在還很熱嗎？」

「氣溫大概二十度左右，」我接著說：「你中文講得很好。」

「多謝讚美。我曾經短暫派駐中國，之後回到沖繩分會也專門負責聯絡台灣那邊的事，」他不禁好奇問道：「你們那邊的情況還好吧？是不是遇上不少麻煩？」

出發之前誠衛哥特別提醒我，若要有人問起台灣分會的事，只要表明自己當時不在現場就好了，但具體的說法還是只能隨機應變，畢竟要佯裝成石獅會的專員，並不能完全仰賴教戰守則那種死板的應對。

「天龍黨襲擊分部的時候，我人不在台北，之後又馬上被派來這，實際的狀況也不是很清楚。」

「這樣呀！但我說……你們也太大意了吧！看新聞報導，似乎還牽涉到北歐的恐怖勢力，天龍黨真是愈來愈不可小覷。」

我順勢嘆了口氣，試圖結束這個話題。

隨後我們在那霸市中心用餐，由於誠衛哥透過台灣分會簽了一張高階識別證給我，接下來可以省去與當地主要堂口拜碼頭的慣例。吃完午飯金城就會直接帶我北上國頭郡。

賣咖哩飯的餐館相當冷清，金城吃飯速度很快，不巧又讓他逮到機會詢問我本次出差的目的。「你這次前來，是要執行哪方面的任務？」見我沒回應，他立刻換了輕浮的語調說：「就當作是朋友之間的閒聊好了，放輕鬆點。」

「我們想在北方的堂口招集兄弟赴台北支援。」

「是嗎？」他的口氣又變得嚴肅了起來，「恕我直言，一般的情況下沖繩這邊是不會允許的，再說你們早先已作過大幅度的調動，不少弟兄也在那場意外中喪生了。」

「若非緊要關頭，我們也不需要來這邊卑躬屈膝地求人。」

「好吧！反正這件事情……我不知道！要是堂口的人問起了什麼，我會說你只是來維繫雙方感情。」

「感謝體諒。」

他突然大笑了起來，「不用那麼見外，大家都合作三百多年了，哪有什麼事情喬不定的！」

快速道路沿著左側的丘陵直通北方，右手邊則是一望無際的太平洋。

金城的車子很乾淨，幾乎沒有擺放雜物，我看著吊在擋風玻璃前的風獅爺御守問道：「你親眼看過超自然現象嗎？」

他將車速放慢，轉頭對著我說：「超自然……什麼意思？」

「就是違反物理定律的事情。」

「我當然知道字面上的意思，只是好奇你為什麼會這樣問，」他瞄了一眼後照鏡，突然明白了什麼，「你指的是這串吊飾嗎？」

「嗯，是的。」

「台北的石獅會不拜風獅爺嗎？」他笑了一聲，「其實我也只把祂當作護身符，如同這座島上的居民習慣用風獅爺來祈求平安，但若不幸遇上壞人，靠的還是真實力。」金城刻意露出腰際的槍柄。

「那麼你相信天龍黨試圖復甦巨龍的事嗎？」

「相信，當然相信。畢竟那是祖先留下的遺訓嘛！」

「但你真的相信這個世界上會有飛天巨龍嗎？」

他投降似地說：「說實在的，我並不信。天龍黨……其實就跟西西里的黑手黨一樣，不過就是個黑道組織，正如同我們石獅會，都是一樣的意思，」他雙手握緊方向盤準備切換車道，「Mafia，你應該知道這個英文單字吧？」

「當然知道。」我又不禁問了：「所以你覺得我們存在的目的是什麼？」

「賺錢呀！我們每年從泰北走私這麼多毒品到新加坡、中國和日本，不就是為了填飽弟兄們的肚子。」

「我總覺得不應該是這樣。」

「小老弟，別老想得這麼多。我知道有很多年輕人剛加入幫會的時候，都著迷於那些祖先留下的偉大使命感，但就像日本政府老提倡的什麼社會責任一樣，我看全是狗屁！賺錢才是企業營運的根本目標。假使有朝一日天龍黨也開竅了，選擇和我們一起合作幹些骯髒齷齪的事，大家肯定會成為志同道合的好朋友，更用不著成天在那邊殺來殺去。你說是不是？」

即便我完全不認同他的說法，卻還是給了一個肯定的答覆，藉此畫下完美句點。

抵達海洋博公園旁的渡假飯店，金城接了一通看似要緊的電話就離開了。站在蔚藍的海岸線上吹著海風，突然感到有些頭疼，誠衛哥當初僅僅幫我準備了總數五十萬圓的紙鈔，和一支方便漫遊的手機，所幸金城走的時候留下了大把零錢，好讓我在隨處可見的販賣機買到熱飲。

由於身上的行李不多，我趁著太陽還沒下山先去了附近的美麗海水族館閒晃。

未來的日子都要在這兒度過了，待學長和蘇莫順利穿越時空裂痕，承襲口訊的傳信人就會在巨型水槽的觀景窗前與我碰面。然而如今只有兩尾龐大的豆腐鯊一前一後地在帷幕中繞圈圈，那種毫無意識的反射行為，單調而規律的循環，仿若悄悄流失的百年歲月一般不著痕跡，甚至連身旁的遊客都像極了安插在腳本裡的群眾演員，盡責地扮演好旁枝末節的角色。

而我呢？我又是誰，或許自己只是這場百年計畫下的一枚棋子罷了。我可不像學長那樣重要。

在等待他們的時間裡，我每天只能逛逛水族館，欣賞各種海洋生物和鯨豚馬戲，或是偶爾到附近一帶的旅遊景點參訪琉球王國留下的歷史文物。反正現在有的是時間，一天走上七、八個小時的路程，耀眼的太陽仍舊高掛在海平面上。

誠衛哥早先傳了訊息，說他已經抵達婆羅洲，而忠順學長那邊卻依然無聲無息。

我站在今歸仁城的遺址上猜想，學長穿越時空之後，究竟會將龍藏經安置在何處？為了確保三百年後的定位不至失準，腳下的舊城郭是否就是個合理的選項？但也許他不會笨到將那部龐大的經書放在如此顯眼的地方，一路走來的鄉間小徑，或者是丘陵地的草叢深處，才是更適當的藏匿點吧！總而言之，我期望是個好找又相對隱密的地方。然而再想到之後還得買一把鏟子來挖土，難免又覺得麻煩。寒風催生惰性，習慣了重複的日子，其他平凡中的不平凡都是多餘。

今天我提早結束行程回到渡假飯店，黃昏過後的風勢愈來愈強勁了。我很害怕黑夜，因為黑夜總會捎來鬱悶，一陣又一陣的強風透過建築物的微小縫隙吹入房內，形成紊亂的渦流。我拼命地刷牙，讓顱腔內產生摩擦的共鳴，想藉此擺脫沖繩擾人的氣旋，但入夜後的門窗又開始沙沙作響，直到牙齦感到疼痛，我才將帶有血絲的泡沫吐在瓷白色的臉盆上，心中不禁納悶學長該要如何挨過狂風下搖晃的甲板來到這座海島，又怎麼能夠赤著腳掌踏上這片冰冷的異地呢？一邊想著，逐漸也在蕭瑟的風聲中浮現了睡意，回頭倒在溫暖的床鋪上，竟不知不覺地沉入夢鄉。

午夜時分房內響起了鈴聲，我掙扎起身尋找聲音的來源，迷糊之中在床的四周繞了好一會兒，才終於在背包裡發現聯絡用的手機。

「我們嘗試連線好幾次了，你都沒接通！」是誠衛哥的聲音。

「對不起，我在睡覺。」

「沒關係，應該沒什麼大礙。只是想告訴你，他們已經進去了。」

「什麼！」瞬間有道電流竄過全身，「你是說學長他們嗎？」

「對！反正不打緊……就按照原定計畫去做吧！」誠衛哥笑了一聲，「希望你不要太想念他，也不知道要什麼時候才有機會再見到面。」

外頭颳起強風，這才驚覺自己睡前忘了闔上玻璃窗。我走過電視櫃將鋁框栓好，接著轉身倚靠在放置檯燈的矮櫃上。我對著話筒另一端的誠衛哥說：「你聽過平行宇宙的理論嗎？」

「我知道你想說什麼，你指的是多重宇宙的假說吧？」

「是的。人在穿越時空之後，會徹底地從這個世界上消失，然後出現在另一個與此物理性質相似的平行世界，然而無論人試圖在那邊改變什麼，都不再可能影響到這個世界，只會造就另一個宇宙的變動。」

「我了解你的疑慮，但請你相信我，那只是一項假說罷了，而我的親身經歷卻是真真實實的存在。」

「難道……誠衛哥你都不曾懷疑，自己所看到的一切，僅僅只是平行宇宙帶給你的錯覺嗎？或許在原本的世界中你已經徹徹底底地消失了，而我本身，卻可能不曾存在於你過去的世界。我這麼問好了，為什麼在你的前世故事裡都沒有提到過我呢？」

「李毅任，你想太多了。讓我告訴你一件事情吧，」他的語氣變得嚴肅，「我曾經看過你，當然，我指的是在回到清朝之前，我確確實實地看過你。」

「真的？」

「我非常地篤定，」停頓了一會兒，他又接續說道：「當初我闖入陳忠順的租屋處後，曾經再次清查他的背景，發現你是除了蘇莫之外，和他關係最為緊密的朋友，只是那個時候你並未捲入這樁跨世紀的陰謀，即便有，你現在也不會知道。」聽他這麼一講，當下釋懷了許多，偶爾我甚至擔心自己僅僅是誠衛哥在三百年前佈下的一枚棋子，對於這場計畫以外的世界並不具有任何意義。「還有一件事忘記提醒你。當你找到龍藏經的時候，請務必小心地運送它，千萬不能傷到經書。」

我理所當然地說：「這還用說！那可是重要的歷史文物呀！」

「不只因為這樣，」他又換了語氣，「過去，我們曾經在清朝試圖破壞一頁經文，以為這樣就可以一點一滴地摧毀巨龍。如今回想，總覺得那是相當愚昧的想法，天底下怎會有如此簡單的事。」

「怎麼說呢？」

「還記得我早先提過的天花病毒嗎？」

「記得，那是鰲拜用來謀害順治帝的妖術。」

「那個被禁錮的怨念早已在經文中徹底腐敗，不到封印瓦解之際，鰲拜的靈魂僅僅是散亂在渾沌世界裡的恐怖意念，邪靈的詛咒流竄於內文的一字一句，一旦有人試圖毀壞經書，帶有病毒的妖風便會破散到空氣之中，進而造就另一場世紀災難。」

「你指的是……黑死病嗎？」

「是的，你可以稱之為黑死病。天花已在上個世紀末絕跡，而現今多數人類的身上幾乎找不到病毒的抗體，若是因此引發了疾病擴散，勢必造就另一波文明滅絕。」

「好的！我會非常……非常地小心。」

經過了此夜長談，我有了任重道遠的感受，對於平行宇宙的恐懼就暫且留給另一個世界的自己去煩惱吧！原來看輕自己的想法是源於太過看重自己的執念。

往後的日子我成天在水族館裡度過，依照約定必須在巨大的觀景窗前等待傳信人到來，下午三點也都會按時坐在觀眾席欣賞著名的豆腐鯊餵食秀。儘管那美麗的身軀每每在水槽優雅而過，我卻很難在這龐然大物的身上找到任何屬於生命的本質，或許基因早已注定牠與生俱來的使命，即便偶爾想對世人表達不滿，終將成為玻璃帷幕外的無聲抗議。

一日清晨，金城打來飯店說有事想找我聊聊，當那輛Subaru出產的休旅車停定在候車亭時，我注意到他的車頂似乎多了一扇天窗。

「你的車子有進廠維修？」

「啊？你說這個呀！」他指著上頭說：「換了一台新的，加了天窗，抽菸比較不會留下味道。」

雖然他買了同款的新車，風獅爺御守還是不偏不倚地掛在同個位置，我甚至懷疑金城有輕微的強迫症。

「你看起來不像會抽菸的人。」

「不然抽菸的人都看起來怎樣？」他苦笑了一聲，「其實我很少抽菸，覺得鬱悶才會點上一支，但有時候也只是點著，就跟燒香拜佛一樣，每次都要等到菸灰掉在手上才驚覺自己正抽著菸。要來一支嗎？」

「不用了，謝謝。」

前陣子我幾乎把北方的重要道路都徒步走過一遍，以目前行進的方向來看，金城似乎想載我去古宇利島。經過跨海大橋，海風吹散了車內沉重的菸味，同時也帶來一股海洋生命的氣息。

最後他將車子停在濱海的道路旁，並邀我到沙灘前的樹蔭底下。

「等一下，我有東西忘了拿。」他走回車上拿來兩罐啤酒。

我順手接過啤酒，金城則是背著風再點了一支菸，隨後轉頭問道：「你知道前晚龍藏經被竊取的事情嗎？」

「是故宮博物院裡的龍藏經嗎？」

「不然這世上還會有第二部龍藏經嗎？看來天龍黨已經開始行動了，或許老祖宗的預言是真的。」

「沒聽到巨龍的消息吧？」

「目前還沒有，但我們老大擔心台北的事情會延燒到這兒來。重新編組的人馬都已經準備行動了，明天下午就會有大批支援飛往台北，到時候沖繩島就只剩下一半的弟兄了。」

猜想如今博物院內的龍藏經早已被穿越時空的忠順學長換成了贗品，就算落入天龍黨手中也不足為懼。

「你也是明天出發嗎？」

「沒有，我被分派到留守的崗位，接下來會負責巡視北部的海岸線，以防敵人從海邊偷渡上岸。」

「天龍黨應該沒有理由來到沖繩吧！」

「一般情況下自然沒有，我們也僅僅是加強戒備。那霸機場的海關全都是石獅會的人，敵人絕不可能搭乘飛機降落，所以海防的工作才會變成主要任務。」說著他將菸蒂踏熄，「其實也沒什麼好擔心的，沖繩的幫會人數或許比起其他分會要少上許多，但滲透民間的比例在各地石獅會之中卻是最高的，除非是藉尤其他分會暗中派遣臥底，否則天龍黨勢必無法在此安插眼線。」

講到這，大概也猜到金城特地找我來這兒的原因，他肯定懷疑自己是天龍黨派來的間諜，當下我則選擇不打破他的意圖，然而金城卻直接了當地問：「你應該不是……天龍黨的成員吧？」見我悶不吭聲，他再以委婉的語氣說了：「也別怪我會懷疑你，我稍早打聽過了，這幾天下來你根本不曾在國頭郡接觸幫會的弟兄。」

「我自有原因。如果你不放心，大可派人監視我。」

「關於這點我早就在做了，目前也看不出你有任何異狀。別擔心，事情尚未明朗以前，我無權限制你的自由，但我卻有個不情之請……」

「請說吧！」

「我必須收走你身上所有通訊器材，包括手機、電腦以及任何可以對外聯絡的設備。」

「我只有帶兩支手機來，不相信的話可以搜索我下榻的飯店。」我將手機交給了金城。

「已經在做了，稍早我的手下有作過回報，你並沒有說謊，房間裡只有個人衣物而已。」

「那麼我可以回去了吧？」

「我等等再送你回去。在此之前，還有一項東西要給你。」他從西裝內側拿出一只黑盒和紙條，「這是呼叫器，假如遇到危險，請馬上撥打四個0到這組號碼。離開沖繩之前，你的人身安全由我全權負責。」

「好的……感謝。我們現在可以走了嗎？」眼看時針已過了正午，我必須趕緊回到美麗海水族館。

他一臉狐疑地問道：「為何如此著急呢？」

「沒什麼，想趕快回去吃中飯，下午三點水族館有豆腐鯊餵食秀。」

他大聲笑道：「這就是你來沖繩唯一的目的嗎？」

「目前看起來似乎是。」

「好！別擔心，這就帶你回去。」對方顯得啼笑皆非。

回到海洋博公園，我隨便買了一份熱狗堡套餐就馬上進入水族館，並直接前往豆腐鯊的展廳等待傳信人。陰暗的迴廊間似乎感受得到有人正如影隨形地跟著我，回想金城所言，他早已暗中派人監視自己，或許是在一周之前，也或者更早。大概是心理作用吧！我當下才開始有被跟蹤的感覺，但每次回頭仔細觀察身後的人群，卻始終沒有發現任何可疑的蹤跡。我猜測，以石獅會在島內的分佈之廣，可能不需要以如此原始的方式掌握人的一舉一動，爬滿天花板的攝影機，和隨處可見的工作人員，也許才是最簡潔有力的監視方式。

三個月過去了，漫長的等待已成為永無止境的輪迴，豆腐鯊還是竭力旋轉著，我的思緒卻彷彿垂死的枯葉在氣流中搖搖欲墜，直到最後一滴水份被海島的風給吹乾，我將永遠失去留在此處的意義。

手機被沒收之後就和誠衛哥斷了聯繫，如今亦無法得知他在南洋是否有所進展，或許傳信人早就在三百年的輪迴轉世中忘記了自己的身分，訊息也理所當然地在人世間悄悄淡去。

不知道是不是自己的錯覺，這幾天下來幾乎都在觀景窗前遇見同一位男子，他會在兩點半左右進入展廳，拿著一杯咖啡坐進觀眾席第二排的位子，餵食秀開始前五分鐘又會默默地離去。由於總是只能見到他的背影，況且展場內設有咖啡吧，任何體型相仿的人都可以輕易買到一杯熱飲入座，當下實在無法確定他是否就是傳信人，有時我甚至懷疑他是金城派來監視自己的手下。

今天上午我提早出門去海洋博公園看海豚劇場，湛藍的穹頂比起往常更為遙遠，天際線上的浮雲飄過伊江島拔地而起的峰頂，彷彿火山噴發後的煙灰在眼前緩慢移動著。後來有一名男子在我右手邊的位子就坐，一股濃郁的咖啡香氣頓時撲鼻而來。

「你是台灣人嗎？」他的這句試探令我不知所措。

深怕期待已久的願望會瞬間落空，反倒不敢主動確認對方的身分，於是我先客套地回覆他：「對呀！你也是嗎？有好多台灣人都來這兒旅遊。」

「我不是台灣人，」他低聲說道：「我是本地人。」

「你是石獅會的人吧？金城要你來的是嗎？」

「金城？」聽到這個名字，他似乎有些納悶，可能正在腦中轉換日語的讀音。「不是的，不是他，」他又急促地說道：「我曾經加入過石獅會。」

「曾經？什麼意思？」

就在這一刻，觀眾席忽然歡聲四起，原來是海豚躍上了池畔，正用著牠的尾鰭向大家打招呼，擴音器同時傳來主持人的開場白。

「所以你不是石獅會的成員？」

「我不是……讓你失望了嗎？」

「不是的，別誤會。」我深吸了一口氣，再度問道：「你來找我，是有什麼特別的事情嗎？」

「先跟你講個故事吧。如果你就是我要找的人，大概也聽得懂我想說的是什麼，我現在非常需要一個能夠理解這段故事的人……」

男人的故事從一片清澈見底的海邊講起，他叫作東城勝一，是名護市土生土長的沖繩人，家族遠在琉球尚氏王朝本有漢姓「陳」，沖繩島被納入日本領土之後才改為現今的和人姓氏。他的父親以採集海床的貝類為生，事實上其家族世代皆為海人，直到勝一這一輩，才在雙親的苦心栽培下計畫讓孩子遠赴東京讀一流的學校。

然而勝一卻辜負了家長的期許，與其歸咎於離鄉的恐懼，倒不如說是深愛著這片土地的心最終讓他選擇了離家出走，甚至誤入歧途，加入了島內勢力最龐大的黑幫石獅會，隨後由於頂替同伴私藏毒品的罪刑而被逐出幫會。

「我當時瀟灑地踏出家門，家父對著門口大吼，你不是我們家的人！不要回來了！結果後來我卻又形同喪家犬般落魄地回到家中，好在我還有一個家，」他苦笑著說：「意外的是，家父絲毫沒有怪罪我的意思，他和母親一樣開心地歡迎我回家，但幾個月後他卻突然病倒了……」

「令尊現在還好嗎？」

「三個月前過世了，倒臥在風雨交加的海灘上。」

對此我深感遺憾，「對不起。」

「父親死後，母親才告訴我關於你的事。」

「我？」

「是的。後來我才知道，在我離家的三個月後，也就是美麗海水族館重新開幕的那年，家父每天都會趕在豆腐鯊餵食秀開始前入座觀眾席，等待一場跨越世紀的宿命。」勝一又講起了童年往事，看著他的側臉，竟有些學長的神韻。

勝一小的時候喜歡和爺爺一同到沙灘上撿貝殼，偶爾也會跟隨大人潛入水底採集海床上的珍珠。自小深諳水性的他很早就習慣被海洋環抱的感受，每游得愈深，充滿安全感的水壓愈能將自己完整地包覆，他像是陽光下的軟體動物，全然擺脫了關節的束縛，在繁星圍繞的宇宙中自在地優遊著。

然而在一次的捕撈作業中，他不慎迷失了方向，或許是過於美麗的海底生物誘拐了強烈的好奇心，直到氣瓶逐漸耗盡，他才驚覺已經失去了回到岸上的機會，就在千鈞一髮之際，勝一的爺爺捨身將他推上海面，自己卻永遠沉入那無情的黑暗世界。打從那場意外之後，父親就嚴格禁止他再踏入那片深藍色的天堂。

「在那個單純的海洋裡，隱藏了一個足以撼動世人的祕密，這也是我們必須相遇的原因。」

我刻意壓下內心的躁動，判若無辜地問道：「祕密？什麼祕密。」

「你應該知道巨龍的存在吧！我依循著家族的宿命在此等候著，別再置身事外了！你就是我要找的人，那個身負重擔的屠龍使者！」他激動地叫道，同時引來旁人注目。

我就是他存在的意義嗎？霎時間腦海浮現出極其複雜的念頭，這項傳承百年的義務頓時將自己打入罪惡深淵。勝一的故事像是末日審判下的證詞令人啞口無言，但畢竟這場計畫並非因我而起，自己充其量也只是個接受傳信的載體，必須接通跨越時空的訊息好解救蒼生呀！但我終究必須在此作上最沉痛的告解，好讓這個可悲的家族得以完成使命，並將他們的犧牲轉化為永世功績。

「沒有錯！我就是你要找的人，令尊肯定不希望由你來承擔這場宿命，才會故意講那些話把你逼走。感謝你們的付出，辛苦了。」聽到這句話，勝一立刻潸然淚下。我也只能在海豚劇場歡愉的氣氛下默默搭著他的肩膀，給予這最廉價卻充分的安慰。

翌日，勝一開車載我去一片不知名的沙灘，沿途風光明媚，路上幾乎不見其他車輛。他在後車廂準備了四套防寒衣，除了自己常用的裝備，其餘都是爺爺和父親留下的。他說，真的龍藏經就被藏在岬灣底層的洞穴深處，必須潛下位於海床的入口，再沿著鐘乳石隧道走進天然的涵洞，方可尋獲。

「到了，就是這裡。先把裝備搬到沙灘上吧！」勝一將車子停靠在道路左側。

我們背上氣瓶，合力抬起裝備一路往海的方向走去，身後卻突然傳來一名男子的聲音：「不要動！把那些東西放下來！」回頭一看居然是金城！他先是用槍頭指向我們，接著朝天空連續開了兩槍。「你們到底想要幹麼？快把東西放下！」金城隨後望著勝一講了一連串日語，其間我只能依稀辨識類似「台灣」的字眼，而從兩人交談的氛圍中能明顯感受他們彼此熟識，最後金城竟放下槍說：「知道了……讓我來幫忙吧。」

換上了裝備，三個人低著頭，無語地踩上鬆軟的沙地。我試圖打破沉默向金城問道：「勝一都把事情告訴你了吧？」

「嗯……即便聽起來有些荒謬，但若是勝一所言，我沒有不相信的理由，他這輩子大概沒有對我講過半句謊話。」金城說。

「謝謝你，」勝一也像是突破了心房，「其實有件事情我曾經騙過你。」

「真的嗎？」金城頓時露出訝異的表情。

「還記得高中畢業那年，我們比賽騎單車越過跨海大橋嗎？說好贏的人就可以先和班上最漂亮的洋子告白。」

「當然記得呀！那時候也真夠倒楣的，騎到半路鍊條居然掉了，否則也不會輸給你這傢伙。」

「其實是我故意把變速器調鬆，好讓你在換檔的時候脫鍊。」

「什麼嘛！」金城不屑道：「你這個卑鄙小人！」

「說好不能切換變速器，肯定是你自己先犯規！」

「少胡扯！我那時候根本就沒換檔。」

「真的嗎？總之我是不信。」

「隨便你……反正事情都過去了。想起來小時候可真幼稚，又不是誰先告白，女生就一定要接受，」金城再轉頭看著勝一，「結果你跟她最後怎麼了？」

勝一悵然地回道：「人家是父母的掌上明珠，我哪裡配得上她。之後她就到東京念書了。」

金城遂仰天大笑，「誰叫你這個傻小子當初不聽媽媽的話去上東京的學校，事實上你有機會的。居然會選擇走黑幫這條不歸路……」

「還敢說風涼話！要不是認識了你這位損友，我哪裡有門路可以加入石獅會。」

「可別推到我身上唷！我當初也是看你無家可歸，才勉強虛心給予建議……」

見他們聊得起勁，我心懷感激地說：「你們不必遷就我在這兒就說中文。」

金城說：「你多心了，他和我一樣都是石獅會中國語事務組的成員，過去共事也經常有機會用中文交談。要不是那場私藏毒品的意外，勝一也不會因為我被逐出幫會。」

原來金城就是勝一退出石獅會的原因，我沒有繼續追問那段往事，索性就當作是他們曾經擁有的同袍情懷，在海島的微風中留下難忘的回憶。

我們將車鑰匙留在岸邊，一同潛入秋季裡冰冷的海水，光線穿透洋面在珊瑚礁上留下隨波逐流的光影，魚群順著暗潮滑過身旁，霎時迎來一股暖流。跟著勝一緩慢下沉，能見度也逐步降低了，持照明燈的金城守在後頭探照。我們在漸層的水色下游了好一陣子，直到那處吸收光源的黑暗洞穴降臨眼前，這才驚覺上方的海面已悄然消失，觸目所及竟是灰濛濛的沙塵。

金城將手電筒交給了勝一，由他帶頭進入洞口，原先環繞四周的魚群換成了貝類及甲殼生物，還有些泛著螢光的海蟑螂爬行在崎嶇的岩壁上，鐘乳石逐一自頂部突起，可見陸地距此不遠了。

在岩洞中，勝一幫我調整裝備的浮力，像乘坐電梯般，身體自發地逆著海水的黏稠向上穿行。浮出水面後金城點燃了背袋中的鎂粉火把，洞穴一時恍如白晝，赫然發現壁面佈滿了藏文。沿著刻字行走的海蟑螂使得字裡行間好似泛著藍光，由於受到了驚嚇，牠們持續爬往涵洞深處，直到盡頭一處放置一只深色箱體的石台，又彷彿是受到外力阻撓似的開始圍繞著箱體爬行，黑暗中，海蟑螂背部的螢光輻射狀地展開，一環接著一環在石台邊緣逐漸擴大。

勝一開口說道：「那就是龍藏經。」四下撼動起一股猛獸低吼的聲音。

金城顫抖地問：「你怎麼會知道這個地方？」

「小時候跟爺爺來過，當時也不明白他為何要帶我來這兒。直到父親死後我才開始遵照先祖的遺訓尋找龍藏經，自然而然就想到了這個地方。」

我們綑了三條繩子要將箱子拖上岸，經過身旁的魚群皆紛紛繞開，或許是受到邪龍妖氣的影響，途中遇上一尾碩大的公牛鯊，竟也迅速地轉身離去。像氣球般緩緩上昇，浮出水面時耀眼的陽光已退到雲層後方，我們沿著岬灣邊游向海灘，費了好一番功夫才將經書拖上陸地。

「真累人，今晚肯定要喝酒慶祝一番！」金城在裝備箱中找出菸盒，拉下防寒衣的拉鍊站在岸邊抽菸。

勝一和我則拖著箱子朝停車的方向走去，他回頭大聲喊道：「當然要慶祝一下嚕！從今天開始我的人生解脫了！」

此時裝備箱內傳出了熟悉的鈴聲，金城拿起手機對著我大喊：「嘿！你的電話又響了，打從你的手機被我沒收以來，這個人每天都打電話給你，他也是石獅會的人吧？要過來接一下嗎？」

「多謝了！先幫我接起來吧！」我趕忙跑過去，猜想應該是誠衛哥打來的！

「他來了，您稍等。」金城將手機交還給我。

「喂！是誠衛哥嗎？」

「你怎麼都不接電話？」

「說來話長。我已經找到龍藏經了，你那邊還順利嗎？」

「我這裡也一樣是說來話長呀！現在正要從坤甸飛往新加坡，今晚應該就能取回曜石了。我先幫你訂一張機票，明天下午我們就在樟宜機場碰面。」

「好唷！但是這麼厚重的經書不會被卡關嗎？」

「不然你還是請石獅會的人幫忙吧！」

「我待會兒問一下領路人，他應該有辦法。」我回頭看了一下金城，發現他也正在講電話。

「好！那先這樣，我要準備出關了，旅途順風。」還不等我的回應他就將電話掛斷。

金城幾乎在同個時間點講完了電話，接著開始換上西裝。「我已經請弟兄們來幫忙了，你會直接回台北吧？要幫你把東西寄回去嗎？」

「我要帶著經書直飛新加坡。」

「新加坡？」他似乎感到相當不解，「雖然不明白你們的目的是什麼，但你想怎麼做我們都會幫忙。這麼大的古物或許很難出關，我卻有辦法疏通，你就說這是老家的族譜吧！我保證可以順利放行。」問題竟然迎刃而解了。

勝一已經換好了衣服，正要將裝備搬上後車箱。「你們動作快一點，我等不及要去慶祝了！」

在回那霸之前，我拿出了手機自拍一張三人的合照，無論後續的任務能否依然如此順利，這趟旅途都將成為我在沖繩所留下的寶貴回憶。

夜晚我們到國際通一條暗巷內的居酒屋吃飯，金城刻意安排了數十名手下站在門外阻擋其他客人。

「你這麼做只會引來更多關注。」勝一說。

「這裡都是自己人，怕什麼！」

「現在經書還放在後車廂，要是天龍黨的人循線追來，事情會變得很麻煩。」

「就不信他們有能耐踏上這座島嶼！況且李先生明天一早就走了，別太擔心。」聽見金城用『先生』一詞敬稱自己，忽然感到些微不自在。或許打從下飛機以來他就從未重視過自己的身分，直到今天早上才終於明白我此行的目的，不免轉變了早先的態度。

酒過三巡，勝一逐漸卸下緊繃的情緒。「講實在的，我曾經懷疑自己存在的意義究竟是什麼？尤其當母親對我說出那段深藏海底的祕密的時候。」

「你這小子真不識相！像我這輩子就沒被託付過什麼重要的任務。」

「保護李先生不就是項重要的任務嗎？」

金城揶揄道：「其實一開始我也很納悶，台灣那邊怎麼會派了一個小夥子過來。」猜想他大概是喝醉了，語氣才又變得如此輕浮。「對不起呀！李先生，我失態了。」他搭著我的肩膀說。

「沒關係，多虧有你的幫忙。」

「不用見外，我非常羨慕你們能在遺訓中扮演重要的角色，我充其量不過就是個小嘍囉。」

勝一反倒不悅地說：「一點都不值得羨慕，你完全不能體諒我的心情，假使沒有那個什麼該死的巨龍，或許我的家族根本就不會存在於這個世界上，守著那部該死的經書就是我唯一能做好的事。」他一邊講著竟也紅了眼眶，「你懂那種命中注定的感受嗎？一切都被決定好了，打從三百年前到現在，我們根本不曾為自己而活。我的祖上姓『陳』，是確確實實的漢姓呀！即便後來改了和人的姓氏，那又如何呢？我終究不屬於這塊土地呀！」

「你傻了嗎？難道你的族譜裡沒有日本的先祖嗎？又或者說，沒有我們琉球的先祖嗎？我告訴你，我是英祖王朝的子孫，體內流的是琉球貴族的血脈，最後還不是被冠上了和人姓氏！況且我的曾祖母就是土生土長的本州人。你那個什麼漢人祖宗的狗屁理論根本就說不通！」

「你不了解我的意思，我指的不是血脈的問題，而是存在感。」

「什麼存在感……狗屁！」金城注視著對方的眼睛，「你會這麼認為，僅僅是罪惡感作祟罷了。你是不是覺得令尊是為了保護自己才抑鬱而終，他不願看見你再次游向大海，以至於焦急地等待傳信人的到來。總而言之，你無非只是將內心的痛苦怪罪到宿命上頭。」勝一沒有回答，只是別過頭去啜了一口清酒。

此時金城的手下推開了拉門，探頭向他詢問一些事情。待蕭瑟的秋風隨著關門的聲音徹底消失之後，屋頂又隨即飄過一陣哭嚎似的氣流。

勝一謹慎地說：「先等一下，他們說有人想見你，為何不直接請對方進來呢？」

「不用大驚小怪，應該只是有事情不方便在你們面前談而已。我出去一下就回來。」

「你先坐下！」他大力壓下金城的肩膀。

「你幹麼！發神經呀？就跟你說沒事了，」金城的表情相當不耐煩，「不然你想怎麼樣？」

「先讓我確認一下，聽聲音，外頭好像聚集了不少人。」勝一走過吧檯將耳朵貼在拉門上。

「都是自己人，瞧你緊張兮兮的……」他不以為意地別過頭去，將手中的酒杯一飲而盡。

就在勝一瞪大眼睛，聚精會神地觀察門外的動靜時，數發子彈倏然打穿了拉門，並擊中吧檯師傅的額頭。勝一也同時受了槍傷，然而他卻奮力地抵住拉門，壓緊胸口哀號道：「你們快走！快帶李先生離開！」鮮血湧出指尖，碎裂的心臟彷彿在體腔內痛苦地掙扎著。

金城想過去抓起勝一，竟被他死命推開，「你們快走！」其間槍聲未曾停歇，屋內擺設被打得慘不忍睹，金城這才決定放棄救人，拉著我迅速往後門跑。

「快！」匆忙間，他抽出腰際的槍交到我手上，「一開門我就會直接衝出去引開敵人，你跟在後頭，看到有人就馬上開槍，不用多想，知道了嗎？」

「好！」

這是我第一次拿槍，汗水淹沒了眼前的視線，我用力克制住顫抖的雙手，專心瞄準將要開啟的後門。金城砰的一聲將門踹開，所幸後巷內沒有半個人影，我們便頭也不回地衝到了停車場。

低鳴的引擎聲劃開了寂靜的夜幕，金城沾滿鮮血的雙手緊握著方向盤，車子正筆直地朝那霸機場的方向前進。即便眼角還有奔跑時留下的淚痕，他卻語氣沉穩地說：「你訂的是明天早上的機票吧？」

「沒錯，還要十多個小時才會起飛。」

「還趕得上最晚的航班，我給你訂了另一張機票，你現在就走。」

「謝謝。」當下也沒有什麼話好安慰他，但願剛才發生的意外都只是一場粗糙的排演。「對不起！謝謝你們。」

「我想勝一講得沒錯，那就是他的宿命，他已經順利地達成任務了，我們勢必要守住他的期待，不能讓犧牲白費。」

「犧牲……」我小心地將這兩個字吞下去，並於心中暗忖：「是否在這場跨世紀的計畫開始之前，勝一的祖先就未曾存在於過去的時間軸上，他們的出現僅僅是學長在歷史長河中佈下的一粒種籽，由於具有影響世界的潛質，必定要在宿命的結局後徹底瓦解，終歸於塵土。」

而我呢？我又是什麼？此刻那尾沉重的豆腐鯊又再度浮出腦海，並以憂傷的姿態在心底輕輕地環繞著。隔著玻璃帷幕觀察眼前的群眾，我想，假使再游不出去，麻痺的靈魂終將浸潤全身的細胞，逐漸讓感知融化於無形的渾沌。

下了車，我火速趕往出境大廳領取登機證，距離班機起飛的時間只剩下半個鐘頭了。好在夜晚離境的旅客不多，我很快就到達了安檢門，然而行李經過X光機之後，就在輸送帶的末端被航警給攔了下來。

「不好意思，先生，請問您這箱子裡裝的是什麼？」對方講的英語略帶點生硬口吻。

「只是一本家譜……」

「家譜？我能檢查一下嗎？」

「當然，你可以打開來看看。但是請務必小心，它非常地破舊。」

只見航警面露微笑，並謹慎地將行李搬上尾端的平台，「你的祖先肯定是『嗚』。」

「嗚？」想必自己當下的神情是相當困惑。

「不好意思，正確的發音應該是『禹』。」他拍了拍行李箱，接著說道：「你可以走了。」

「謝謝……」思考了很久，才意會到他指的應該就是上古時代治水的大禹。

我坐在候機室回想著下車之前金城對自己講的那些話。

「你快走吧！我還得回去看看。」

我當時擔心地問他：「你要做什麼？」

「當然是去教訓那群人！」

「但就剛才的情況來看，島內的石獅會很可能被滲透了。」

「滲透？你想太多了，這裡不是台灣。據我所知，沖繩的組織已有三百多年的血脈傳承，不會這麼容易就淪陷的……」語末的遲疑卻令我察覺了他內心的不安，或許金城根本沒有把握能順利阻止天龍黨。

「你想要回去居酒屋？」

「那當然！那些混帳東西殺了我的兄弟，肯定一個也不能放過！」他解開門鎖轉頭對著我說：「這跟你沒關係，我的任務就是要確保你能安全地離開沖繩，剩下的事情你就不用操心了，趕快走吧！」下車抬行李時，他順手取下風獅爺御守交給了我，「這個拿去，祝你一路順風！」

我從他駕車離開的身影見到了一種接近死亡的意象，然而勝一的死早就切斷了金城的理智，那種殘酷而幾近瘋狂的眼神，似乎正引領著他通往一條無法返回的暗道，並在深夜的公路上傳誦著末路的悲歌。

起飛時，我坐在靠近窗戶的位置俯視與跑道比鄰的街道，赫然發現一台深色的休旅車如同星火般在地面燃燒著，當時我非常地篤定，那就是金城。

第五章

當飛機上升到氣流相對穩定的高度，總算可以倒頭墜入疲憊的夢境，好讓這段旅程稍稍沉澱在腦海深處，然而與其說是沉澱，還不如直接承認那是一種逃避心態，或許自己從未認真地思考過，最初答應誠衛哥的請求竟會成為如此沉重的負擔。下回再睜開雙眼，發現飛機正緩緩地降入雲層，時間是早上八點鐘。

樟宜機場外的太陽相當刺眼，光線穿透巨型帷幕將魚尾獅的造景投影在花崗岩的地磚上，慘澹的影子在熱氣下來回舞動著，彷若即將消失的蜃景隨風飄搖。

行李箱在起飛前被地勤人員發現尺寸超標，也好在金城訂的是商務艙機票，航空公司倒是態度親切地協助託運，並未影響到登機程序，但抵達目的地之後還是必須親自前往轉盤區提領。我站在輸送帶前看著一箱又一箱的行李經過身旁，等了好久都找不到裝有經書的箱子，所幸只是自己搞錯了提領區，最終領到行李時，它已經在轉盤上繞了好一陣子，差點被航警認作是可疑物品。

「你怎麼提早來了！」轉頭一看是誠衛哥，他左手提著一只黑色公事包，皮膚曬得黝黑，原本體面的穿著也改為一派輕鬆的網球衫。「本來以為你下午才會到。」

「後來遇上了麻煩，所以又訂了另一張機票。」

「現在沒事就好，」他一面打量我手邊的箱子，「東西在裡面吧？」

「是的，好不容易才拿到的。」

「這裡不方便作業，我們先出去吧！」

「去哪？」

「三巴旺。」他環顧四下說道：「大概要半小時的車程。那邊有石獅會私營的溫泉會館，據說是二戰時期日本皇軍遺留的。湧泉的天然熱能可以鎮壓巨龍的妖氣，我已經向他們報備過了，今日館內不會有外人。」

前往三巴旺的途中，誠衛哥述說起他在南洋尋找曜石的經過。原先他從石獅會的線報得知，蘇莫藏匿寶物的地點應該是在蘭芳公司曾經立足的坤甸，然而他在當地探索多日，卻始終找不到曜石，隨後又遠赴蘇門答臘查訪蘭芳共和國的殘部遺址，依然一無所獲。雖然一路上都有南洋總會的幫忙，但各地組織對於寶藏的下落總沒有一致的答案，最後才在新加坡分會的全力協助下，發現曜石就被供奉在芽籠區的一名賭徒家中，這才結束了數日以來的波折。「真是千辛萬苦呀！看我都快曬成南洋人了。」

事實上打從下飛機以來，我的腦袋仍舊被禁錮在沖繩的那場慘劇，如今總算可以稍微擺脫沉重的罪孽。也或許由於周遭植被的改變進而影響思緒，再無情的東北季風一旦吹進了赤道，終究要在雨林的催化下消散於緩緩上升的氣流，心想鰲拜於三百年前布下的妖風亦不過如此。

「誠衛哥，我似乎在沖繩遇上忠順學長的傳人。」

「什麼意思？」他刻意將車速放慢，並且關上車窗，「是石獅會的人吧？依照約定他們本該將訊息託付給傳信人。」

「我的意思是說，我好像遇見了學長的後代子孫。」

李誠衛冷笑了一聲：「這小子！終究肥水不落外人田，還是把重要的任務交給自己人，但願他娶了漂亮的老婆。不會就是蘇莫吧！」

「總覺得心裡怪怪的。」
「怎麼說呢？」
「依常理來講，學長完成任務之後，理當會再次穿過裂痕回到現代吧？」
「理論上來看應該是這樣，但我畢竟不是他，也許他會選擇留下來。」
「不能理解他為何要這樣。」
「你想得太多了，我大膽作個假設，即便陳忠順在清朝留下子嗣，還是有機會在裂痕癒合之前回到現今的世界不是嗎？條件是他不能留戀太久。」
「如果他真的選擇留下來呢？」
「我明白你的意思。」誠衛哥嘆了一口氣說：「畢竟你們是從小就認識的朋友，自然會擔心從此以後再也見不到他，但這也是沒辦法的事情呀！那是他自己的決定，對你而言，就當成是為了解救蒼生所做的犧牲。」
「也好吧……」儘管心中一陣酥麻，卻也若無其事地望向窗外，看著井然有序的屋舍匆匆滑過身旁。在我的世界裡，他就此消失了，沒有任何藥方可以解救時間帶走的生命。
他淡淡地說道：「你後悔了吧？」
「嗯？」陽光太過刺眼，誠衛哥已悄然戴上墨鏡，我看著他的側臉說：「不！我不後悔。這是必須要做的事。」
他忽然大聲笑了起來：「你太擔心了！我猜這個小子一定是辜負了哪家的閨秀，早就逃回文明的生活了！搞不好他還有機會和自己的子孫相認呢！」

「不可能了……」

「為何？」他好奇地看著我。

「傳信人已經死了，就死在天龍黨的槍下。」

引擎聲隨著他的嘆息愈顯得沉悶，正午的陽光筆直地照在大地上，整座城市頓時泛起耀眼的光芒，過度曝光的街道不見一絲黑影，也沒有任何生命應有的氣息。我想也許失去生命後的天堂其實也和地獄沒什麼兩樣。

車子停定在花園前的榕樹下，誠衛哥一手拉起裝著經書的行李，在草地上拖出兩道明顯的軌跡，青草捲入輪中，在箱子底部留下翠綠的汁液，和著地表的泥土飄出一股清香。無風的庭院鎖住了萬物的靈魂，那種氣味浸潤在鼻腔之中久久無法散去，更加襯托出了箱中物的存在感，彷彿還隱約聽見巨龍熟睡的鼾聲。直到誠衛哥扛起行李重重地放上門廊，那聲沉悶的撞擊終於將縈繞腦海的幻覺打上句號。

「害怕嗎？」他問我。

「事到如今也沒有選擇的餘地了，自然也沒什麼好擔心的。」

「很好！那就一鼓作氣解決掉牠吧！」

他拿出鑰匙將門打開，陰暗的室內頓時迎來濃郁的硫磺味，其中夾雜了木頭受潮的氣息。誠衛哥依照紙條上的指示將龍藏經拖入澡堂，一旁備有數支鋼瓶，以及一組巨大的凸透鏡。

「方法很簡單，我會先用液態氮和陳忠順的血來復甦巨龍，一旦有了動靜，就要馬上將書經推入溫泉，以減緩牠的轉化速度，而你必須在龍形顯現的瞬間將鹵素燈打開，並照向曜石……」他從口袋裡拿出一顆帶有光澤的深色寶石，示意擺在燈具的前方，「就像這樣，強光穿過曜石便會將能量投射在池中，再藉由這組放大鏡聚焦於經書上，如此一來即可消滅巨龍。」
「你怎麼會有學長的血？」
「陳忠順出發之前，我在他的手臂上抽了一管血液，之後再請國家實驗室幫忙培養。」
「你確定這樣做有用嗎？」
「講實在，我也沒有十足的把握。」
「但也只能這樣了，」我看著誠衛哥說：「我們開始吧！」
他先從懷裡取出血袋，慢慢地轉開嘴口將血液倒在經書上，瞬間表面的文字泛起了刺眼的光線。隨後扭轉閥門的聲響迴蕩在長廊盡頭，待蒸發出的氮氣完整地覆蓋浴池旁的龍藏經，白霧中又似乎透露藍色螢光，然而此刻身後卻忽然注入一波夾雜草香的強風，我下意識地提醒正要將經書推入溫泉的誠衛哥，「好像有人進來了！」
他轉頭望向走廊的陰暗處，立即朝著我飛撲過來：「小心！快趴下！」
數發子彈打在木質的壁面，慌亂中，氣瓶紛紛滾落溫泉，接連引發數次爆炸，屋內的照明設備一時皆被震碎，只剩倒臥一旁的鹵素燈還亮著。誠衛哥壓低姿態待霧氣散去，眼睛逐漸適應黑暗之後，他迅速地撲向走廊上的人影。我捏著鼻子大力呼氣，試圖緩和巨響所帶來的耳鳴，隨即扶起燈具照向長廊，發現誠衛哥正抓住光頭男緊握扁鑽的右手，拼命掙扎著。
「誠衛哥！」
「別管我！快！快用曜石！要來不及了！」
「好！」我撿起地上的曜石，並抓著鹵素燈照向浴池，血色的水面不斷湧現巨大的氣泡，同時傳出猛獸吼叫的聲音。

正當他們倆人扭打到了澡堂，妖龍的爪子倏然出現在池畔，緊接著衝出浴池的龍身濺起大量水花。光頭男一腳踹開誠衛哥，面露欣喜地仰望對天長嘯的妖龍，自己則被這突如其來的景象嚇得目瞪口呆，一時沒有發現門外又來了許多穿著西裝的人。誠衛哥見大勢已去，馬上拉著我往後門跑，天龍黨的成員卻絲毫沒有要追趕我們的意思，一群人就守在澡堂等待巨龍轉化。

當我們狼狽地逃出會館，轉頭一看，妖龍已迅速轉化成形，不斷成長的身軀穿破了屋頂，在藍天下恣意舞動著雙翼。即便受到陽光的照射，孱弱的妖龍暫時無法振翅高飛，但從牠口中吐出的烈焰已在庭院燃起數叢火苗。

離開的路上和前來救援的消防隊及武裝警察擦身而過，不久之後就聽見後方傳來猛烈的駁火，軍隊也緊接著來到現場，屆時巨龍已在遠方騰空而起，撞毀了房舍，並在地表留下大片火海。

全國警報響起時，我們已來到新加坡北岸的新柔長堤，此刻邊境秩序大亂，四處奔走的警車向民眾廣播，務必提防街上的恐怖份子，頓時整座城市陷入了無助的恐慌，不少人試圖跳入海峽游向新山市，岸邊則佈滿了兩國的驅逐坦克，馬來西亞的支援戰機也瞬間劃過頭頂。

我和誠衛哥搭上政府臨時調派的通關巴士前往邊境，車用電視正在轉播陷入戰火的濱海灣，金沙酒店幾近全毀，對岸的高樓也竄出濃濃煙霧。據報導，北歐裔的恐怖份子占領了當地主要的政府機關，隨後畫面就停滯在海灣的天際線上。

跟著群眾下車直接越過檢查哨，馬來西亞海關根本阻擋不了失控的人潮，我們在慌亂之中擠上一台前往曼谷的長途貨車，和難民藏在車棚的最內側。

誠衛哥看著我說：「留著青山在，別怕！我還有辦法。」曾幾何時我只能一直這樣被他牽著鼻子走！

行駛在沒有路燈的產業道路，車棚的縫隙外只看得到遠方零星的光火，完全無法判斷車子正朝著哪個方位前進。黑幕襲罩的大地彷彿一頭熟睡的巨牛，唯有聽見規律的鼾聲才能感受世界依然活著。

「為什麼要去曼谷呢？」我望著對座的誠衛哥說。

「曼谷有熟人，能幫我們搞定接續要用的護照和簽證。」

「但在這兒之前要先入境泰國，沒問題嗎？」

「別擔心，我們這趟過去不會通過海關。」

「這樣算是偷渡吧？」

「小事情，」誠衛哥難得又露出了笑容，「這裡不像台灣四面環海，境管的問題很稀鬆平常。」

我按捺內心的不安，小聲問道：「我們最終要去哪裡呢？」

「北京。」這不就是自己最害怕聽到的答案嗎？誠衛哥居然還能若無其事地說出來。或許是察覺到了我訝異的神情，他竟又泰然地說：「事到如今，也沒有選擇的餘地了，不是嗎？既然失敗了，也只能靠我們再次改寫歷史。」他對於將要再度踏入時空之門似乎早有覺悟。

要是當初聽了董秀彬的話，不去窺探逃入巷子裡的黃課員，如今也許還能在平靜的台北街頭閒逛。但即便如此，天龍黨所帶來的躁動仍然會在不遠的將來降臨於海島的太平盛世，如今重擔既已落下，還有什麼好抗拒的？與其逃避不可免去的災難，倒不如追隨忠順學長的宿命一同拯救蒼生。好一個遠大的夢想呀！老是心存僥倖亦曾多次死裡逃生的自己，終究也要落入這般田地，回想起來真令人難以置信！

在曼谷市區處理完旅行文件，我們趕上晚間十一點的班機直飛北京，一路奔波的疲憊終於能在椅背上得到釋放。

「可以好好地睡一覺了！」誠衛哥講完便轉頭向空服員要了兩杯紅酒，「一杯是給你的。」

「不先等上完餐點嗎？」

「不了。」他微笑著說：「這趟過去，搞不好再也回不了台灣。」聽他這麼一講，發麻的背脊瞬間有股寒意自腰椎直通後腦。他又問道：「你了解清朝的歷史嗎？」

「高中課本不都有寫嗎？」

「教科書提到的事情之外，有沒有看過其他清代小說，或者相關的紀錄片？」

我開始認真回想從小到大看過的書籍，由於自己不是喜歡閱讀的人，不到半分鐘的時間就摸索完畢了。

「應該沒有……」

「這麼講好了，每當我提起清朝這兩個字，你腦中浮現的第一個畫面是什麼？」

「官服……清代的官服。」當然還包括十多年前電影裡經常出現的殭屍，即便現今的化妝技術比起過去更加成熟，烙印在兒時記憶裡的鮮明印象依然令人心生畏懼。

「還有呢？。」誠衛哥繼續追問。

「嗯……再讓我想一下。」霎時間，過去在故宮博物院見到的文物一一浮現腦海，然而除了色彩黯淡的鍋碗瓢盆，以及館藏數量驚人的瓷製杯碗之外，似乎想不起任何實用的資訊。

「當時全球氣溫較低，加上緯度高的地區又相對寒冷，衣物也不比現代保暖，生存條件不是太好。還有一點，滿人統治下的中國，漢人的身分地位本來就不高，必須謹慎行事。」語氣很像在課堂上公布解答的講師，他又接著問道：「你會說滿語嗎？」

「當然不會！」

聽自己這麼一說，他馬上流露出表示對方相當愚昧的恥笑。「裂痕的背後是一個充滿矛盾、戰亂和飢荒的世界，正所謂亂世出狂人，否則也不會讓鰲拜有機會留給後世如此沉重的難題。我們這次去少了蘇莫的幫忙，要見到太后必然會遭遇許多困難。」

「仔細想想，還真的有很多技術上的問題！包括我們的身分。」

「沒錯！所以我昨晚認真地想過一遍，或許偽裝成南洋商人是項可行的辦法，由於當時的海禁政策使得國外的工藝品難以流入市面，不少當朝官員都亟欲從外邦的旅行家身上找到足以取悅皇室的奇巧之器。」

「奇巧之器？」

「十七世紀正值啟蒙時代的開端，也是東西方科技發展的轉捩點，儘管當時歐洲的科技水準還沒辦法歸納出足以激發往後工業革命的先決條件，但就學理基礎而言已經算是非常扎實的了，許多百年後新發明的原型都建立在當時的統計數據上，雖然這些知識最初沒有為人類帶來太多實質價值，卻被當成是貴族休閒時把玩的珍藏。」

「我聽不太懂。」

「舉例來說，顯微鏡早就於十六世紀末的歐洲問世，即便如此，一些以微觀世界為基礎所衍伸的技術，還是要等到工業革命後才能百花齊放，因為任何一項工程都需要累積無數的失敗經驗才能完善，科學理論在古代充其量就只是茶餘飯後的娛樂話題罷了。」

「這和我們接下來要做的事情又有什麼關係呢？」

「對不起，我有點離題了。其實很簡單，我的計劃就是要引起朝中大臣的注意，如此一來才有機會見到太后。」

「但實際上該怎麼做呢？總覺得自己還是沒有抓到南洋商人的重點。」

「抱歉，可能是我的思考方式太過跳躍，先簡單把流程說一遍吧！下飛機之後，我們先到大賣場找一些能夠吸引古人注意的小東西，比如說放大鏡、發條玩具或者魔術方塊之類的商品，最好是不需要電源的，否則還得帶上電池。穿越時空之後，我們就佯裝成遠赴南洋和西方人貿易的商販，到煙花巷內叫賣，吸引過路人的目光……」

「不好意思，請先暫停一下，」我狐疑地看著他說：「為什麼要到煙花巷呢？」

他笑了一聲說：「自古以來達官貴人們都喜歡上青樓，這種道理倒是沒有隨著科技進步而產生任何顯著的變化。」

「原來如此呀！」

「也正好讓你有個機會一探古代風華，要是不幸無法回來，到時候也該在那兒討個老婆，先適應一下無妨。」

面對這類恐怖玩笑，我實在打不起精神再做出禮貌的應對。隨後來了一陣亂流打斷我們的對談，晃動的機身彷彿搖籃似的推開連日以來的緊繃情緒，誠衛哥的計畫朦朧地在耳邊迴響，如同床邊故事被平順地複誦著，然而夢終究會醒，這場旅途卻可能沒有結尾。

下回清醒時，我們已經站在航廈的大門口，放眼望去竟是灰濛濛的天空。很快地，接應我們的石獅會安排一輛七人座的廂型車來到北京機場，誠衛哥指示領路人帶我們前往市區的大型賣場，一路上駕駛默默開著車，陪同的兩名成員亦不發一語，他們大概都在聚精會神地關注車用電視盒裡的新聞快報。

目前已有四個國家陷入了火海，北歐方面倒是沒有對此發表任何官方意見，彷彿天龍黨與其聯手的恐怖組織都和他們無關似的，更別提那頭摧毀多國首都的滅世巨龍了，到目前為止尚未有政權表示這起事件是他們所為，中國與東南亞諸國早已封閉邊境以隔絕難民，全球各地的主要國家也都開始動員，以備抵抗突如其來的危脅。

「石獅會有應對措施嗎？」誠衛哥率先打破了沉默。

「沒有，」副駕駛座的男子回應道：「您也見到了，以目前的情況來看，石獅會早已無計可施，只怪當初沒把祖先的遺訓當一回事兒。」

另外一位男子說道：「是呀！大砲和飛彈都打不死的怪物，我們能有什麼辦法？」

李誠衛說：「難道如今就只能坐以待斃？」

「使空使者已經回去了，現今組織裡又存在著各種不同的聲音，領導也不好孤注一擲地動員兄弟。」

「你們領導知道我此次前來的目的嗎？」

「想也知道！你是想穿越暗門吧？」對方所謂的暗門，指的應該就是時空裂痕。

「沒錯！可以同時請石獅會派人協助嗎？」

「那怎麼可能！」坐在副駕駛的男子語氣變得高昂，「打從你去年和時空使者自暗門裡蹦出來，我們已經花了半年多的時間剷除周邊的天龍黨勢力，隨後也派了數十名弟兄試圖進入暗門連接古代的通道，結果全沒一個回來，如今誰還敢再自告奮勇！」

「那是因為你們誤會了裂痕的原理！」誠衛哥抗議道，「從暗門進去，不一定要從暗門回來。」

「你講的那些理論我聽不懂！我們只知道從哪兒進去就該從哪兒出來。就算如你所說，或許他們回來的時間點不是在進去之後，也總該有人會在裂痕開啟至今的期間出現吧！怎麼會完全無聲無息呢？」

「假如回來的時間是在未來呢？」

「您就別了吧！再說，根據推算，現在距離暗門關閉的時間也只剩下一年了，這種節骨眼上誰還敢冒險。」

「以你們這種態度，等到世界末日再來後悔也不遲。」誠衛哥諷刺地說。

只見那人一聲輕叱，「別怪我們不幫忙，該讓你們帶上路的東西都已經準備好了，足夠送你們殺入皇城了。」

「多謝了，但我自有人員幫忙安排傢伙。」

「先別這麼說。打從新加坡的那場災難以來，當局早已開始嚴格查緝地下軍火，避免讓境外組織有機會在國內掀起事端。我是不了解你台灣那邊來的間諜會有多大的能耐，總之現在還能找到吃飯的傢伙算是謝天謝地了，你就收下吧。」

「不必多禮了。」

「瞧你這傻子，隨你！」

到賣場之後箱型車就離開了，後續我們打算自行前往王恭廠遺址。

進到賣場，誠衛哥先是穿過文具區走到裡頭找大行李袋，之後就將採買的東西直接裝入袋中，「這樣就不怕買太多雜物了，所有東西都要能裝進袋子裡才行，不然東西恐怕會遺失在裂痕中。」

「不是還有另一袋槍嗎？」

「小聲一點！」他環顧四下，又若無其事地說：「這袋是給你的，那些傢伙當然是由我來扛。」講完便開始一個接著一個把乾果、生活用品以及他所謂的奇巧玩具丟入行李，看著不斷膨脹的袋子，我的肩膀也感到有些許沉重。「你看！這個音樂盒不錯，肯定能引起大家的注意。」

經過家電區時，我指著右手邊的架子問道：「要買刮鬍刀嗎？」幾天下來都沒有打理門面，誠衛哥的臉頰早已生出青綠色的鬍渣。

「不需要，在那種地方不用刮鬍子。身體髮膚受之於父母，應該聽過吧？」

「那你為什麼要拿這個呢？」我看著他手中的電動剪說。

「待會要用的。」

「為什麼？」

「你看過最近流行的電視劇〈大玉兒傳〉嗎？」

「看過一、兩次，怎麼了？」

「裡頭的男生都留了什麼樣的髮型？」

「不就是清朝的辮子頭嘛！」

「沒有錯！」

聽他這麼一說，額頭瞬間感到一陣涼意，我試探性地多問了一句：「我們該不會也要？」

「那當然囉！不剃髮留辮可是要殺頭的！」

「不是吧！那也太犧牲了！可以不要嗎？」

「當然不行！」

原來這才是我最需要知道的那些所謂關於清朝的實用知識，誠衛哥光著前額的畫面頓時浮出腦海，當下非常懊惱自己竟然答應了穿越時空的請求。「我還真沒想過這個問題。」

「別煩惱了，反正到那兒又沒人認識你。我當初也是理了個大光頭，再戴上附長辮的帽子才過去的，蘇莫進入裂痕之前肯定也幫陳忠順打理過。」

「那我們的帽子呢？」

「別擔心，都準備在那些傢伙裡了。」誠衛哥話一講完，我反而更加擔心了，但也只能繼續放空雙眼，無力地跟著他的步伐前進。我時常納悶，到底是什麼樣的動力能夠讓眼前的這位男人如此義無反顧。

家電區的盡頭擺了一台大型的展示屏幕，上頭正播放著滅世巨龍和天龍黨的新聞快報。畫面中翱翔的巨龍在脫離經書的束縛後，看似得到了自由的雙翼，事實上卻只能在怨念的催化下成為被利用的工具。

「鰲拜當初想必認為自己可以藉此統治全世界吧！如今看來卻只是一具沒有靈魂的空殼，你看牠那個樣子，還像是有意識的人類嗎？」誠衛哥無奈地嘆息道。

巨龍擊毀了無數架戰機和政府軍的地面部隊，無情的火焰更吞噬了文明的高樓以及百姓的屋舍，然而，造成生靈塗炭的鰲拜終究什麼也得不到。我帶著同情的眼神望著螢幕上的巨龍，在那湛藍天幕下遊走的軀體，像極了水族館內反覆旋轉的豆腐鯊般不帶有一絲生氣，他一心追逐的夢想在本質上竟是如此無奈。

隨後我們離開賣場到對面的小公園等待國安局的幹員，出乎意料地，台灣情報單位在此安插的間諜居然是一位金髮碧眼的德國人，領完了傢伙，我們先到公共廁所將頭髮剃光，然而與原先想得不同的是，理完頭髮之後反倒像戴上面具一般自在，感覺似乎可以肆無忌憚地在大馬路上唱歌了！

提著兩包鼓脹的袋子步入北京的老胡同，我們並肩而行的影子在黯淡的陽光下若有似無地爬行著。兩名背著黑色行李袋的光頭男子走在留有歷史餘音的巷弄內，任誰都會忍不住多看兩眼。而如今舊城區內的人煙相當稀少，彷彿上個世代住在這裡的人們由於生活過得匆忙，以至於忘記產下子嗣便悄然辭世了。

「誠衛哥真厲害，不但會武功、槍法好，還精通各國外語，政府還真的是埋沒人才了。」

「能力再強的人要是沒了自我，終將淪為被他人利用的工具，知行合一才得天理。我從不因為自身的才能感到驕傲，反倒時常被自己驚人的意念給嚇到。當然，這種想法也只會在夜深人靜時才油然而生。或許我就像百年前佈下的一粒棋子，只能按著世俗根深蒂固的道德觀，無知地實踐那些堪稱符合良知的理念，然而作得再多卻也於事無補，」接著他更苦笑地說：「生靈塗炭又如何？世界末日又如何？你抬頭仔細看看北京的天空，以人類摧殘自然環境的速度，就算沒了戰爭、也沒有巨龍，不出幾年末日依然降臨。只可惜集體意識的自殺傾向很難在個體短暫的生命當中得到覺悟，世代傳承的經驗又容易由於個體之間的鬥爭而產生質變，我們現在的所作所為僅僅是歷史洪流中的一處礁岩，即便激起再大的水花也只為了在滅亡的盡頭前多留下一點文明存在的證據罷了。」即便沒有掌握他的意思，大概也能理解他的心情。所以我不說話了。

離開柏油路面好一陣子，青石鋪的街道開始彈起細小的水珠，黃昏後的四合院飄出炊米香味，敲打鍋具的聲音也為安靜的巷弄帶來生活的氣息，我們走過數戶正在準備晚飯的人家，要趕在太陽下山前找到石獅會看守的地窖。

由於之前發生過太多次成員失足跌落裂痕的事故，平時地窖被上了好幾道大鎖。年邁的守門人將鎖打開之後，隨即拿出兩副軍用手電筒。「裡頭的照明設備壞了，進去裂痕時最好也將這兒帶上，電用完了還可以拿來打人。」他以沙啞的聲音開玩笑地說。

「謝謝！」誠衛哥接過了手電筒，進去之前不忘轉頭提醒守門人，「記得不要睡著了，回來的時候還需要您幫忙開門呢！」守門人大笑了幾聲，並揮揮手要我們趕緊進去，他還等著將門鎖上避免外人進入。

剛進入地窖，便察覺一股緩慢且平穩的氣流被吸入階梯底層，手電筒的光源只能依附在斑駁的牆面，以及幾近毀損的地磚上，每跨出一步就有細小的碎石滾落深處。原先縈繞在耳邊的塵囂消失了，耳膜出現莫名的壓迫，我們必須靠得很近才能聽見彼此說話的聲音，嘴裡不甚洩漏的絲毫氣息只要一個不注意就會被捲入黑暗之中。此刻前方傳來言語無法形容的詭異聲響，真要勉強擠出幾個字眼來描述當下的情境，似乎有點像低沉的地鳴，不時還夾雜鋼筋被嚴重扭曲的噪音。

我心生畏懼地說：「真不敢相信蘇莫是從這個地方出來的！」

「我當時也不敢相信自己能從這個地方進去。」

「對呀！誠衛哥到底是怎麼辦到的？」

「你等一下就知道了。」他反問道：「進去之前，還有什麼想知道的嗎？」

「還有什麼事情會比剃光頭更令人震驚嗎？」

「那種事情可多到數不清呢！」誠衛哥又轉換了語氣：「開玩笑的！只是想嚇嚇你。」

我讀過的一本書上寫到，人類最懼怕的東西就是未知的事物，而最令人無法理解的環境便是黑暗，黑暗可以輕鬆剝奪人最仰仗的判斷能力，此時無論從外界接受到再多的聲音訊息，往往只會引起更多恐怖聯想，進而加深不安的感受。

誠衛哥打斷了我的思緒，「仔細聽，放下成見，也放下既有的生活經驗仔細地去聽。」

「聽什麼？」

「是不是隱約之中，有馬蹄踏落地面的聲音？還有類似市集的吵鬧聲。」

我按捺住焦躁的情緒，試圖心平氣和地聆聽黑暗中隱含的訊息，似乎真的聽見了遠處的人聲鼎沸。「可是，我們不是還不知道會落入哪個時間點嗎？這些聲音是從何而來？」

「這只是飄散在宇宙中的雜訊罷了，你再細心一點去聽，所有聲響都只是片段的存在。」他話一講完，一輛疾駛而過的引擎聲忽然湧現在前方，然而不到兩秒又隨即無聲無息。

「太詭異了！完全不曾有過這樣的感受。」

「那當然囉！畢竟這並非一般人所需要面對的事。你就當作是抽中樂透，有幸能體驗時空的真面目。」

「倘若有得選擇，我還真不願如此幸運。」

「事到臨頭還講這種話，」誠衛哥深深地吸了一口氣，「準備好了嗎？我們要進去了。」

「等一下！我還沒準備好。」

「還要多久？」

「再讓我適應一下。」

「不會是要在這兒耗上一整天吧？」他沒耐性地說：「快點吧！相信我，現在煩惱再多都沒有什麼意義。」

「我還有一個疑問！」事實上我並沒有任何問題想問，只為了再拖延一點時間。可想而知，誠衛哥又不耐煩地說：「快問吧！」

「那個……」此時突然想到了一個無所謂的話題，「為什麼光頭男要理光頭？」

「大概是和我們一樣必須在古今穿梭，索性理了光頭比較好辦事。」

「那麼……」

「你還有什麼問題？」

「那麼……為什麼他要拿扁鑽當作武器？」

「我猜是因為隨身攜帶槍械容易遇到警方盤查，再說他原先也應該是清朝天龍黨的成員，冷兵器用慣了，又不能扛著一把大刀在街上閒晃，才勉強找個耐用的工具當武器吧！」

「是這樣嗎？」

「不是又如何？不影響我們現在的任務呀！」

「真的嗎？」

「唉……」誠衛哥誠然失去耐性了，「再鬧下去，小心我直接把你拖進去唷！」

「等等！再給我一些時間。」

還記得畢業前夕曾和朋友一起參加社團舉辦的高空彈跳，當時自己也是害怕地舉步不前，終於經過了幾次的深層呼吸，我遙望著藍天和自遠方輻射而來的層積雲，就此閉起雙眼奮力一躍。

如今地窖內的光線全被下方的黑洞給沒收了，不必刻意閉眼就能擺脫前方的視線，但我還是象徵性地將眼皮闔上，對著逆行的氣流深深吸了一口氣，然後就此屏息，讓氧氣有足夠的時間充滿身體裡的每顆細胞，接著暗自默數三秒，聚精會神地繃緊全身肌肉，驟然縱身一躍。

誠衛哥焦急地大喊：「你在幹麼！」來不及拉住我，他趕緊飛撲過來想將我壓倒，然而裂痕的力量已瞬間將我吸走，他只好死命抓著我手上的行李一同跟著引力下沉。隨後各種奇怪的聲音飄過耳際，無法辨識的影像一一掠過眼前，如同跑馬燈般卻又缺乏連貫性。光影快速地環繞在身旁，拉出數條長長的光帶，身體則跟著白色光帶旋轉，直到盡頭那些扭曲的影像逐漸匯聚成一團光點，我才又從混亂的感官中慢慢沉澱下來。眼前的光點愈縮愈小，最終消失在陰暗的地窖內。

「還好有抓到你，不然我們就要出現在不同的時間點了。」跪在後方的誠衛哥說。

「你在說什麼？」

「什麼我在說什麼？我們已經穿越時空啦！」

第六章

黑暗中我聽見了達達的馬蹄，遠方的塵囂間夾雜幾段尚可辨識的句子，但都不是大腦能夠理解的語言。拿起手電筒照向剛才進來的那扇門，原先鏽蝕的金屬表面如今已成了粗糙的木質紋理，儘管四周變得乾燥許多，驟降的氣溫依然透過濕潤的鼻腔刺激著後腦杓，直到背脊發冷，全身顫抖。

「來得不是時候，看來已經入冬了，」誠衛哥說，「外頭天空還亮著，該要趁太陽還沒下山先找住的地方。」

或許是在漆黑的環境下待得太久，望著穿入門縫那道光，竟也感到雙眼腫脹，我拉起行李箱試圖讓身體站直，頓時卻覺得雙腿無力，腳掌也有些刺痛。

「先別急著起來，稍微休息一下。身體還在適應新環境，加上穿越裂痕可能會產生的後遺症，不能太過焦躁。」

「這個地窖在三百年前是作什麼用的？」

「是處鬧鬼的屋子。」

「為什麼？」

「當初隕石炸毀了王恭廠，明朝政府曾要將此地改建為研製槍砲的官署，結果才剛動土，就發生許多原因不明的失蹤案，遽聞廢墟還經常冒出鬼怪。」

「鬼怪？不會就是穿越時空的人吧？但通道開啟的區間不是在清朝嗎？」

「這就不得而知了，搞不好那時的裂痕是通往其他方向，並非我們所處的現代。總之這一帶最終成了乞丐和無家可歸者流連之地，更是犯罪溫床。清軍入關後才開始有娼妓戶遷到周邊的新建屋舍，久而久之遂發展成了著名的煙花水巷，人潮絡繹不絕，唯有階梯下的地窖和上頭的平房仍然保持著原貌。」

閉上眼試想誠衛哥描述的街景，始終無法浮現任何影像，過了一會兒我放棄了，又忽然考量到另一項技術上的問題。「等一下出去要怎麼和人溝通？我們不會說這裡的話呀！」

「別擔心！我又不是第一次來。」

「你真的會講？」

他刻意將閃光燈打開照在自己臉上，「我真的會講。」彷彿想讓我看清楚他的誠懇。

「誠衛哥！你的才華真的已經超越我們這種正常人所能夠理解的範圍了。」

他起身拍拍我的肩膀說：「好了，別再講這種廢話，該起來了！我們出去吧！」

我揹起行李跟在誠衛哥後方，他硬將木門拽開，接著大量粉塵隨著射入窖底的光線流過身旁。

走上階梯即為人聲鼎沸的市集，複雜的氣味自道路兩側不斷飄過，混合著燒烤的濃煙、胭脂香氣、還有刺鼻的尿騷味。而即便我倆穿著異於時人，相比於一旁的雜技表演員又顯得低調許多，行人大多兩眼無神地走在街上，彷彿古裝劇裡的群眾演員沒有一句屬於自己的台詞，從地窖中冒出來的我們似乎也不必擔心當下引起太多異樣目光。

穿過青樓旁的窄巷來到另一條大街上，走了將近十多分鐘，終於抵達一棟高雅的客棧。仰望屋簷上的磚瓦赫然發現，眼前寬廣的天空下，除了遠方的一棟白色尖塔，及其左側的城門之外，全然沒有其他足以蔽日的高樓。

進了客棧，店小二客氣地領我們上樓，腳下的每個步伐都壓得木造階梯嘎嘎作響，由於我們身上的行頭，無論是衣裝或者肩上背的行李，皆非能見於當世之物，以至於在一樓食堂內吃飯的旅客無不投以好奇的眼光，一直盯著我們直到離開了樓梯口。

到了第二層總算能稍微緩解受眾人注視的不安，誠衛哥倒是一直表現得從容不迫。此處應該是具身分地位的顧客才有資格上來用膳的場所，每間包廂僅容納三五人席地而坐，面向走廊的一側大多敞開拉門，對外則有寬廣的陽台可以俯視城景。

在今晚入住的房間安頓好行李，誠衛哥又喚了店小二帶我們去頂樓用餐，頂層是坪數較小的閣樓，階梯上去只分為左右兩個包廂，裝潢擺設非常典雅，三面大窗台掛有落在疊蓆的竹簾，可以向內拉開窺視街道，亦能往上捲起仰望天際的浮雲。

「來這種地方吃飯會不會太高調？」

誠衛哥取出三錠金元寶讓店小二張羅餐點，接著轉頭微笑道：「我們不就是要設法引起關注嗎？否則該如何進入皇城？」

「我的意思是說，不怕被小偷盯上嗎？」

他沒有回答我的問題，看似不以為意，啜了一口茶，隨後說：「有注意到你正前方的佛塔嗎？」

「進來之前就發現了。」

「有沒有看到塔頂缺了一角？」儘管他那自以為是的反詰語氣偶爾令人厭煩，但我總相當好奇他又會講出什麼。

「有，而且看起來頗髒的。」

「三十多年前清軍曾多次繞道蒙古直搗皇城，之後闖王李自成攻陷了北京，迫使崇禎帝於景山自縊，就此明朝覆滅。同年多爾袞又率領清軍進入山海關，結果佔領首都不到兩個月的闖王於撤退時焚城毀舍，並大舉搜刮財物，即便改朝換代之後京城暫且安定了下來，但遷就南明勢力尚存，清朝依然處於備戰局勢，嚴刑重賦之下人民的生活苦不堪言。我只能說百姓已經累了，累到幾乎失去了求生的慾望，原先懷有抱負的人選擇在青樓流連，藉此忘卻天下，窮苦百姓則是漫無目的地苟活。在街上搶奪食物的案例時有所聞，偷竊錢財者卻是非常少見。」

「這麼悲慘呀！跟電視劇裡演得完全不一樣。」

「你再回頭看另外一側。」

我轉身自背後的窗櫺望去，「那邊也有一座城門？」

「那是宣武門，又稱為死門，外頭就是刑場。多爾袞入城至今，每天都有人因為薙髮令被砍頭，你說這種時局誰敢再起盜念。」

「那倒是……」

熙來攘往的客棧內充滿仕紳的交談，我開始體悟到人們的話語近似現代的漢語方言，只要能習慣音韻的變化和轉調規則，想領悟其中語意其實不難。

接著餐點來了，除了兩壺熱茶及擺盤精緻的糕點外，店小二特地幫我們準備了兩套長衫同馬褂，還有一架方便更衣的屏風。結果套上長衫摸索了許久，最後還是要讓誠衛哥幫我將衣服穿好，難能可貴地令人感到體貼。此刻朔氣迎面都像雙手輕撫著臉頰，滿城煙雨縮進了畫紙，瞬間凝結心底一抹喜悅。

黃昏時分遠方飄來厚重的烏雲，下方的屋瓦開始彈起細小的水珠，聲響猶如樂音抑揚頓挫帶著旋律。誠衛哥放下他身後的竹簾避免雨滴隨風而入，天氣變得更加寒冷了。

看著陰雨中黑煙四起的平房，我憂心地問：「為何突然冒出這麼多黑煙？失火了嗎？」

「他們在燒煤炭。」誠衛哥淡淡地說。

我只有繼續追問才能逼他把事情講完。「燒煤炭？」

「預估現在的氣溫大概不到十度吧，入夜之後搞不好還會下雪，許多窮苦人家中沒有暖炕，只能挨著門邊燒炭才能讓身體暖和些。這可是個大問題呀……」他盯著桌角的火盆繼續說：「冬季來臨時總是走了許多人，大多不是被凍死的，而是由於呼吸道疾病和一氧化碳中毒。北京的霾害並不是到了二十世紀才開始，空氣汙染自古屢見不鮮，我們已經傷害環境很久了，即便想盡力挽回也是需要不少時間，更何況貪婪已剝奪人類的理智，崩壞就是唯一的結局。」看著他沉思的表情，一股崇敬之心油然而生，他究竟是個以天下為己任的人呀！諷刺的是，自己的天下都救不完了，還如此關心別人的天下。

樓下忽然傳出一陣騷動，金屬與甲冑相互碰撞的聲音迅速踏上閣樓，果不其然，一隊人馬隨即出現在樓梯口。一位穿著深色棉甲的男人上前作揖，「兩位大人好，蘇姑娘已經拜見過太皇太后。」

誠衛哥壓低聲音說：「看來我們來的時間點是在蘇茉之後呀！事情好辦了。」接著他從容地起身回禮，「別來無恙，佟大人。」

只見對方神情詫異，卻也按捺住語氣，「佟某與大人素未謀面，大人何出此言？」

誠衛哥一時露出尷尬的表情，隨後開懷大笑，「佟大人乃御前一等侍衛，素仰大名，竟也萌生了熟識之情。」

佟大人則是板起面孔，「隨我去見太皇太后吧！」講完便立即下樓，他的隨扈一語不發地站在牆邊，頻繁使眼色催促我們趕緊上路。

帶上行李跟在衛隊後方前往皇城，我轉頭對誠衛哥說：「你剛剛會不會太噁心？他好像沒有要領情的意思。」

「沒想到你居然聽得懂！」

「能聽懂一點。」

「很有天分嘛！被你看笑話了，」誠衛哥呼了一口霧氣，「總之這下不用到街上敲鑼打鼓了，可以少走很多路。」

「但你為什麼會認識他呢？我不記得歷史課本上有介紹過這號人物。」

「假如這種角色都要寫進教科書，高中再讀三十年也畢不了業，」誠衛哥望著大夥兒正要前往的城樓說：「其實是這樣的，我上一回來的時候有見過他，但可能這次的時間點更早了，所以他沒有經歷遇上我的事實。」

「關於那種時序的問題，我可能一輩子都無法理解，下次就不用再費心解釋了。」

進了城門，佟大人又叫來了另一對人馬守在後方。我小聲地問誠衛哥：「他是不是怕我們亂來？但又為何不沒收我們的行李？」

「你想太多了，感覺他很信任我們。」

「不然出去的時候為何不帶上這麼多人？反倒是現在……」

「出城帶上太多衛兵會引起騷動的，時局動盪，應避免破壞百姓與官府之間的信賴。然而進了皇城就不一樣了，必須戰戰兢兢。深宮內爾虞我詐、爭權奪利，要是有了利益上的糾葛，再卑鄙的手段也不足為奇，有時要比戰場還危險。」

我抬頭遙望御苑的湖光山色說：「這裡美得像人間天堂，怎麼也不會聯想到戰場。」

天色漸暗，湖對岸的小山丘上有另一座高聳的佛塔，夕陽餘暉落入水中再映射到白色牆面，波光粼粼猶如流動的天河直通雲端，我佇步於這景象好一陣子，直到佟大人終於禮貌地轉身提醒：「大人，這邊請。天色暗了。」

遠方有座栗色的九曲橋，隨著朱紅暮色降臨大地，看似平靜的湖面猶如一池血水在湖底鼓動著深層的脈搏。黑夜的腳步近了，雖然節奏不快，卻有種致命威脅從潛意識裡慢慢浮現。正當我們踏上曲橋時，水面忽然湧起數頂斗笠狀的鐵盔，隨即鐵盔下緣有竹管一一浮出水面。

「小心吹箭！」誠衛哥急忙按著我的頭部趴下。

許多侍衛身中飛箭而應聲倒地，頭戴鐵盔的刺客也趁機踏上了湖畔，儘管佟大人試圖阻擋襲擊我們的敵人，卻也自顧不暇。刺客手持三尺鐵槍，全然無視身旁的刀光劍影就捨身刺來。誠衛哥連忙從袋內取出手槍，一個接著一個射擊逼近的敵人，此刻後方竟飛來一條鎖鏈纏住他的右手，誠衛哥立即扯動鎖鏈將那人拉過來，踢掉他手中的短刀並對其肩膀開槍。

隨後敵人陸續自花叢竄出，眼看侍衛已無力招架，當下誠衛哥居然要我接過剛換好彈匣的手槍，自己則是撿起敵人的武器一次將數十名刺客橫掃在地。

才正要習慣槍枝擊發的後座力時，身後卻突然有人抓起自己的手掌，並順勢將槍口引到我右側的太陽穴，一股猛烈的抽蓄貫穿全身。對方將扣扳機的動作分解成極小的區間，在每個區間內都聚精會神地讓手指推往所依循的方向，就這樣按部就班、緩慢地驅使扳機移動到觸發點的位置。

喀的一聲，所幸子彈沒了！轉頭一看，沒想到背後的人就是光頭男！

他究竟從何而來？即便是追著我們穿越暗門，也不太可能這麼恰巧馬上就和敵人有所勾結，但假若如今襲擊我們的人就是天龍黨，便可暫且理解他當下出現的原因。況且還有另一種條件足以充分解釋目前的處境，我們應該只是遇上了原本就屬於這個時代的光頭男，畢竟他本來就是個清朝人呀！

誠衛哥一桿打來停在我和光頭男中央，猛然朝他臉部揮去，光頭男翻身閃避，站穩腳步之後便微笑地擺出架式。這才發現他的後腦勺相較於以往多了條長長的辮子，並且比起我和誠衛哥所佩戴的假髮還要逼真許多。

砰——砰——砰——

接連的槍響出現在一團白煙之後，身旁的敵人一一倒下，只剩下毫髮無傷的我們及佟大人呆立於湖畔。光頭男則作勢投降高舉著雙手，嘴角依舊留有令人不舒服的笑容。

這時從湖面迎來一陣微風，著輕裝的鳥銃手總算現身於煙霧後方。誠衛哥拂去額頭的汗水輕嘆：「是綠營軍。」

「那又是什麼東西？」

「漢人編制的皇城守軍，總歸來說，我們得救了。」

隨後佟大人護送我們進宮城，光頭男則被綠營士兵押送至刑部待審，走之前他斜視著誠衛哥暗地竊笑，頗有嘲諷意味。

前往深宮的路上，誠衛哥低聲地說：「那個傢伙或許可以全身而退。」

「你指的是光頭男嗎？」

「沒錯，向來我們只能對天龍黨動用私刑，或者逐一暗殺。這種光天化日下的審判恐怕無法成功制裁對方。」

「為什麼？這麼大的流血衝突也沒關係嗎？」

「再怎麼說鰲拜殘部也都是清朝的開國功臣，即便太皇太后有意將其剷除，也不能如此明目張膽。」

「我實在想不透，龍藏經影響的是世界存亡的問題，為何還要顧慮這枝微末節的關係呢？」

「存亡的問題可以留給後人解決，手中的權力卻不能因為破壞表面和諧而有所動搖。太后向來重用漢人，而鰲拜餘部皆為守舊的八旗子弟，一不小心將動搖國本。」

「這群人真夠自私！」

「小聲點！」誠衛哥面露懼色地說，「等會兒見到太后也必須小心言辭。」難得見他如此緊張。

夜幕悄然落下，天邊依舊留有漫射的微光。不曉得是否由於流程上的因素必須在此依序通過關卡，或者佟大人有意繞路免得我們記下過來的路徑，總之我們在深紅色的巷弄中走了很久，直到一扇兩側蜷伏著石獅的大門前，眾人才停下腳步。

頓時一陣強風流竄於蜿蜒的胡同，穿過宮殿及樓閣，猛烈地從眾人身後襲捲而過。然而它卻就此被眼前的深色大門給鎮止住了，沖淡的霧氣融化在皎潔的月色下，前方倏然迎來一股正氣。

佟大人領著我們步入正庭，其餘人等則守在門外。走向鵝卵石與細草交錯的小徑，濃郁花香紛沓而至。我們繞過內牆與屋角相接的狹縫，最後從別院內的花叢穿了出來，要在如此隱密的地方會見堪稱當世最具影響力的人物，觸及權柄的感動油然而生。

一位俊俏的男子走出屋外，他先讓佟大人收走我們身上的武器，接著禮貌地招呼我們入內。裏頭相當溫暖，儘管廊道僅有三盞燭火照明，室內還不至於太過陰森，檀香在空氣中醞釀一股寧靜氛圍。我們被帶往一間落下巨大簾幕的書房，男子走入簾中和一位女性對話，藉她正襟危坐的姿態可推測此人便是太皇太后，也就是民間流傳的大玉兒。

他們細語交談著，必須非常專心才能辨識每個音節，聽了一陣子發現他們講得並不是漢語，便徹底放棄偷聽的意圖。

「兩位辛苦了。」男人隔著簾幕的聲音顯得更為秀氣了。

「大人，」誠衛哥作揖道，「請幫我們向太皇太后請安。」

「太后不和異域的人交談，大可不必拘泥宮中的虛文縟節。不妨先談談兩位前來京城的目的。」聽他這麼一說，我才意識到打從在客棧遇見佟大人開始，他們就未曾對我們顯露疑慮，事到如今已將我們引入宮中，若在此時開始懷疑我們，不免有種落入虎窟的感受。

「想必蘇莫已將龍藏經的計畫告知太皇太后，或許大人早該猜到我等前來的目的，計畫失敗了。」沒想到誠衛哥竟了當地向對方攤牌。

「那個禍國殃民的人已被封印在經文之中，前年被蘇姑娘帶出疆外，就算後世的計劃失敗了，與我大清毫無瓜葛。」果然誠衛哥的論點是對的，即便我們赴湯蹈火來到此地，對他們而言也只是顆麻煩的棋子。終究只有天牢裡的湯先生還顧念著未來蒼生，也終究只有那個外邦人還關心後世的覆滅。

我望著太后的剪影好一陣子，她似乎是一動也不動地坐在暖炕上，左手僵硬地扶著方枕，唯有肩頸的披領伴隨呼吸微幅晃動。大約有五分鐘的時間雙方都沒有任何交談，我不曉得誠衛哥如今心裡懷的是恐懼還是憤怒，也可能兩者皆有。然而自己的內心卻是莫名地平靜，無法理解這種平靜是源自於對於當下處境的不理解，亦或者本身也將此事置身事外。

「給我一艘去琉球的船吧！」誠衛哥忽然單膝著地喊道。

書房內安靜得令人窒息，彷佛空氣都被抽走了，不留下一絲傳遞聲音的媒介。燭火搖曳間，只見簾幕後的那人屏住呼吸，左手指尖輕微動了一下，最終她開口說道：「諾。」那是太后的聲音！

我們被帶往湖畔用餐，由於佟大人奉命在天亮前護送我們出城，戒備森嚴的牢房又嚴禁夜裡探監，所以沒機會見上湯先生一面。

晚風拂過水面在倒映的光火中留下陣陣漣漪，山丘頂的佛塔正在舉行例行的驅邪儀式，滿清入關之後從西藏迎請了不少高僧入京，表面是為了維持達賴與清廷的關係，其實是想藉助佛法的力量鎮壓天龍黨的妖氣，數個月前還有不少朝中大臣染上天花，其中亦包括不少皇室成員，龍藏經勢必也是透過拉薩當局的引薦請入宮城，為了就是要壓制鰲拜的力量。

綿延不絕的經文順著北風飄散到京城的每個角落，在蒙古高壓的驅使下，或許還有餘力飛往南境庇蔭蒼生，但佟大人還是耳提面命地說：「出了城門，兩位大人務必更加小心謹慎，他們可是藏在深處的邪魔，隨時等待機會要取大人的性命。真不知蘇姑娘是否已安穩抵達琉球。」

「她可以的，打從我第一次見到她的雙眼，就知道蘇莫是個有決心的人。決心不能使人無堅不摧，卻會在絕境激發出驚人的韌性。」而從誠衛哥的眼中我似乎就看到了他所謂的決心，他和蘇莫都是充滿毅力的人，不會輕易放棄任何機會去完成使命。

劃破天際的鑼鼓在深宮內餘音不絕，甚至到了踏出城門的那刻我都還能感受佛法如影隨形，但願這股力量會跟隨著我們抵達泉州，並一路踏上甲板，庇護我們直到琉球。

「再過去就是鄭賊的地盤了。」指路人小聲地說。

一路上我們聽聞了不少鄭成功的事蹟，以及他在南鯤鯓，也就是未來所知的台南，所建立的東寧政權。但大多數人不是不帶感情地描述，便是充滿防備地反問我們為何有意探聽。

我們下馬依序排隊走近城門，去港口之前必須先和城內船家碰頭，據說是太后直接安排的人選，除了足以信賴之外，大多時刻令人聯想到的都是另一批暗中監視我們的密使。

誠衛哥伸了個懶腰。「果然還是習慣南方的空氣。」

我看著自遠方逼近的烏雲問道：「這種天氣能出海嗎？」三天以來下了幾場大雨，即便現在地面是乾的，嚴重的霧霾下，頭頂的太陽仍舊蒙上了一層薄紗。

「冬季的海象比較不穩定，但至少沒有颱風的威脅。」

「我還有一個疑問，沖繩明明就不在那麼北邊，為何要從泉州出海呢？」

「那是由於禁海令的關係，事實上在這個年代船隻一律禁止出港，甚至連原本居住在沿岸的居民都被迫退離海濱十里。但官方囿於國內礦產資源缺乏，必須透過走私進口稀有金屬，所以泉州一帶的黑幫多半還能藉由賄賂軍方偷偷出海，太后那裡自是心照不宣，所以才讓我們到泉州找人接應。」

就快到城門口了，從京城趕路至今我們多半入宿荒野中的旅店，這倒是頭一回要進入城中。我看著掛在馬鐙兩側的黑色行李袋說：「那些東西沒關係吧？」

「這就要看太后給的通關令給不給力了。」誠衛哥摸了一下腰際的裝備，依照他謹慎的個性，想必已將手槍上膛。

「如果不行怎麼辦？」

「別擔心，會有辦法的。」儘管明白沒有十足的把握能夠避免衝突，但只要有他在，至少還能按捺表面的不安。

守衛接過通關令，遂露出困惑之情，他轉頭向另一名看似更高階的軍官請示，其間發現他們操的是閩南語，頓時有種親切感受。

然而就在守城將士們為了通關令忙得焦頭爛額時，外頭突然有人大聲喊道：「鄭賊來啦！賊船已駛入泉州灣！」

轟——轟——轟——

樓城頂部被砲火給擊中了，碎裂的將士殘骸重重落在地面，四下揚起大量塵土。守門將士趕緊準備封關，匆忙間，守衛以鳥銃射擊欲強行通關的百姓，誠衛哥則連忙將我拉到身後躲避流彈，此刻裡頭有名士官大聲喊道：「快保護兩位大人進城！」

數名裝備霰彈銃的輕騎兵衝出門外驅趕民眾，重裝的盾牌衛隊也一字排開快步前進，接著分成兩個縱隊繞到身後將我們團團圍住，再一路包圍著我們進入城門。

正當百姓們放棄希望，四處流竄時，砲彈又擊中了右方的城郭，看來鄭軍真有意駛入晉江直搗泉州！

「大人們這邊請！提督有令要護送兩位進城。」馬背上的軍官說道。

「有勞了！」話一講完，誠衛哥就拉起我跳上馬背。

閘門關上之際，右方海面已燃起狼煙，海霧中浮現數艘三層甲板的軍艦，前方還有大批的登陸筏。

「賊船想從城內水岸登陸！快備拒馬！」牆上士兵朝水岸疾走，頓時響起冑甲碰撞的聲音。

我們原本隨著重騎部隊前往都心，竟又在中途收到傳令兵的口信：「提督已親臨水岸督軍。」

領隊的將士掉頭說道：「對不住兩位了，請再隨我到前線會見提督。」

「既為情勢所逼，就有勞大人帶路了。」

「好的，我會安排弟兄緊跟左右，還請務必小心。」講完便領著二十名裝備霰彈銃的重騎兵打頭陣，守在我們兩側的則是配有圓盾和鋼刀的衛隊。

途經堤岸，發現戴著金屬面具的鄭軍部隊早已踏上青磚，清軍鳥銃於百尺之外根本無法穿透其鐵甲，唯有規避敵軍方陣才有機會在近距離下以霰彈銃攻擊單兵要害，致使許多重騎皆被長柄刃劈斬落馬。雖說是海盜起家，但堪稱可以一抵五的明鄭精兵著實是受過嚴格訓練的武士，只敢在遠處射擊清軍水師完全不堪一擊。所幸後來有接應的短兵部隊即時相救，我們才能安然地進入主寨。

寨內的氣氛相當凝重，恰似落入泥沼的海棉吸飽了水份，沒有空氣存留的餘地。

「總督有令，命提督速速將水師主力調回晉江。」講話的人單膝及地，見其穿著並非水師戎甲。

一名壯碩的男人在主位上大聲喝斥：「我施家水師授兵符於聖上，攻取澎湖亦為太皇太后所願，艦隊必須於外海備戰。」

「鄭經攻佔廈門多日，敵軍艦隊早已駛入晉江，如今提督再不調兵回防，十日之後鄭軍恐怕直取南京。」

「放屁！我施琅不好好地坐在這兒！你這就回去告訴姚總督，軍艦不許回港！總督要是有心守住泉州，麻煩請他親自上京請命八旗軍來助陣。」

「恕末將直言，您當初也是受了姚總督提攜才能晉升水師提督一職，您此舉可謂背信忘義呀！」

施琅聽完大笑：「我早已是忠孝兩不全之人，你覺得我還在乎這種罵名嗎？送客！」

那人一被逐出帳外，隨即有將士來報：「將軍！鄭賊的精銳部隊已逼近軍寨！」

施琅重拍方几大喊：「取酒來！」打從我們被引入帳內，他似乎就未曾意識到我和誠衛哥的存在，如今更是怒氣沖沖地盯著前方，完全無視站在角落的我們。他接過烈酒一飲而盡，接著起身大喊：「看我親自將鄭經那娃兒的部隊斬成肉末。」魁梧的身軀以及宏亮的嗓音，令人聯想到三國時期的張飛，他從架上取下一把偃月刀，隨即一路朝著帳門走去。快到出口前，他忽然轉頭看著誠衛哥說：「且等施某斬下敵將首級，再為兩位大人備船。」

誠衛哥只是低頭回應：「多謝提督。」

施琅步出帳外後並無備馬，他領著重裝長槍兵一路走向近逼營寨的東寧鐵甲部隊，長槍兵的巨盾為他擋住敵方箭矢，就在左右翼的鳥銃水師作完最後一波掩護射擊，施琅馬上揮舞大刀直衝敵陣，長槍兵先鋒協助其打亂敵軍方陣，左右翼的鳥銃隊也都抽出鐵鉤應戰。

鄭軍的鐵甲擋得住遠程火器，依舊抵不過施琅的偃月刀，但陷入敵境太深的他很快就被鄭軍所困。此時誠衛哥已從行李袋中取出狙擊槍，熟練地組裝好槍體，並找到了合適的固定點調整好射擊姿勢。

砰——

一名以長刀砍向提督的敵兵應聲倒地，接下來所有試圖靠近施琅的鄭軍都被誠衛哥給輕鬆擊斃，彷彿有道隱形的牆保護著將軍，令敵人望之卻步。敵方主帥面對步步逼近的施琅遂心生畏懼，隨即從身後取出一把反曲弓瞄準對方，咻得一聲命中了他的胳臂，施琅怒道：「卑鄙小將！還不出面與我決鬥。」

而當下一支瞄準施琅頭部的箭矢正要離弦之際，誠衛哥的子彈搶先一步擊穿了敵軍主帥的鋼盔，霎時鄭軍大亂，清軍水師的鐵鉤無情地刺入敵人的心臟，直到泉州水岸被染成一片鮮紅浪花。

夜裡，負傷的施琅倒臥在炕上會見部將。

「鄭賊左先鋒楊祖已大破大肚國，番人首級血染烏溪。如今荷人據守於鯤鯓北濱的雞籠、滬尾，但現下三角蠋南向陸路已在鄭賊掌握之中，東印度公司的情況相當危急。遽聞鄭賊所研製的九江天火即將出世，恐怕影響我軍東征鯤鯓。」

「胡謅！什麼九江天火，不過是門不起眼的大砲！」施琅再問道：「琉球的情勢如何？」

另一名探子上前回報：「倭人早先被琉球起義軍逐出本島，薩摩藩正準備整軍反攻，似乎有意在奪回琉球之後，直接南下鯤鯓與鄭賊一同圍攻東印度公司。」

「有蘇姑娘的消息嗎？」

「沒有……」

施琅嘆了口氣，「好吧……都退下吧，我和李大人還有事商談。」

部將退下之後，施琅痛苦地起身說道：「李大人，我想你也聽到了。現今琉球局勢混亂，蘇姑娘更是生死未卜，實在不宜前往。況且聖上已下達了更嚴格的禁海令，此刻出海，對你，對我，皆無益處。」

我趕緊出面問道：「敢問提督大人，蘇莫出海時是否有人同行？」

施琅嚴肅地看著自己：「還有一位擅用異域火器的小兄弟。」聽完我已放下千斤重擔，這倒是頭一回聽到學長的消息。

誠衛哥上前說道：「無論如何，請給我一艘船！」他的眼神非常堅定。

施琅笑道：「我明白了，既為太皇太后欽命的大將軍，末將也不敢不從。」語畢便命人取來一枚金色的獅形虎符。「如今我軍已收復晉江，明日一早便會安排五十名壯士隨將軍南下石獅港，在那兒有歸順大清的海盜勢力，你們只管去找一位叫新海伯的船家，他是石獅會的人，能為大人們安排北上琉球的航線。但必須在此事先提醒，此行絕不可驚動朝廷。」

翌日，我們橫渡晉江前往石獅港，沿途見到水師正在清理沿岸的屍體，有些破碎不堪的斷肢被直接拋入海中，但不久之後又被潮水沖上了岸邊，士兵們只好在沙灘上燃起篝火直接焚化殘骸，即便在海風吹拂之下，江口仍然臭氣熏天。

扶著甲板上的欄杆試圖順著海浪平衡姿態，逆著海風我大聲問誠衛哥：「這些都是曾經發生的歷史嗎？怎麼我覺得就像在做夢。」

「有些是，有些則不是。」

「為什麼？」

「宇宙是瞬息萬變的，不是發生過的事件就注定成為未來的事實，簡單來說，任何結局產生的機率都是一樣的，只要宇宙間發生了微小的寸動，例如我們穿越到清朝的這件事，就有可能改寫歷史。就拿琉球王國來講好了，尚氏王朝早在五十年前受日本藩鎮入侵後便形同傀儡，如今於沖繩發生的復辟革命就是我們本來身處的時空從未發生的事。」

「原來如此。」

他笑道：「這也是為什麼我們必須找到蘇莫，幫助他們再次藏好東西，假使我們失敗，穿越時空對我們而言也就不具任何意義，一切又要重新來過。」

船隻靠岸後，水霧在陽光的拂照下逐漸散去，石獅港與其說是座村落，倒比較像另一處水師營寨，下錨的船舶都掛著風獅爺的旗幟，我們似乎是到了石獅會的大本營了！

「想必這位就是李大人吧？」一名沒有剃髮的尋常男子上前問道。他身後的水手各個蓬頭垢面、滿臉鬍渣。

「我不是，」我緊張地指著誠衛哥，「他才是。」

男子轉而向誠衛哥作揖，「李大人。」接著又回頭看著我說：「那麼敢問閣下貴姓。」

我尷尬地回答：「我姓李。」

男子再次作揖，「李大人。」霎時身後的水手笑聲此起彼落，他隨即大聲怒斥：「閉嘴！輪到你們放屁了嗎？」

誠衛哥趕緊緩頰，「無妨，敢問先生就是新海伯？」

「我是。」新海伯轉身要水手們讓出一條路，「兩位李大人，這邊請。」結果又是引來小聲的訕笑。

我們跟著新海伯走進原木搭建的長屋，正面沒有牆，看似平時集會的場所，軸向的牆面掛滿了各式各樣的斧頭，斧面都鑄有風獅爺的圖像。

「冬季，琉球是在逆風的方向，」新海伯指著桌面上的航海圖說：「但若能衝破黑水溝乘黑浪北上，不出十日便可抵達琉球。」

誠衛哥說：「雞籠以北的海域是否都在大清的掌控之中？」

「這也是說不定的事，過去時有倭人順著東北風進犯沿海，更何況東海之上常有東寧水師出沒，此行必有其風險。」

此刻港邊傳來了一陣騷動，我們隨新海伯出外查看，只見數名身穿布甲的地痞壓著一名水手來到跟前。

「老頭！我看你們的人是忘了規矩。說好晉江以南的生意歸我，你看這小子居然偷偷和鄭賊做生意。」

新海伯笑道：「久違了年兄，多日不見還是那麼愛計較。江湖上講的是情義而不是道理，」他走近低聲說道：「前月，年兄與施家水師的那兩擔鴉片，不也是在我的眼下成交了嗎？當時不也沒聽我哼上一聲。」

「老頭怎麼就連這點規矩也不懂，和鄭賊做生意可是要給上頭繳規費的，要是我上報提督，說你的人暗地裡與鄭軍勾結，這可是要殺頭的呀！」

「年兄以為繳了規費便能免去殺頭之罪嗎？王法之前可沒有寬容的餘地。」

「老頭！你究竟想怎樣！」

新海伯扶著他的肩膀說：「年兄息怒，要不這樣，今晚我與東寧水師的豹將軍有筆交易，貨和船都由我出，年兄只管幫忙接頭，屆時咱們五五分帳。」
「這事兒提督知道嗎？」
「年兄莫擔心，我幫您引薦一位將軍，」他轉頭望向誠衛哥，「這位是李大人，手中握有水師虎符，他可以擔保這門生意。」
他看著誠衛哥肩上的黑色行李袋說：「那……就是貨？」
新海伯回答：「不，貨早在船上了。」講完便指著我們搭乘來此的小型福船。
「老頭，這可要當心呀！用朝廷的船和東寧交易，會出亂子的！」
「年兄可見到這船桅別上旗幟了嗎？」
「沒有。」
「既然如此，有誰知道這是朝廷的船。」於是對方就答應了此事。
儘管不明白新海伯葫蘆裡賣了什麼藥，我和誠衛哥還是默默地陪他演完這齣戲。直到年兄走了之後新海伯才將他的計畫娓娓道來。
「那個人叫作年萬，和我一樣都是搞鴉片走私的。福建沿海連年戰事，即使朝廷下達了禁海令，但無論是大清亦或東寧水師，都需要靠南洋來的鴉片為傷兵解熱。今夜我們就藉由年萬的引薦登上東寧船艦，必要在此刻取得豹將軍的旗幟，隨後再將其掛上咱們的福船橫渡黑水溝，自鯤鯓北上尋找黑浪，就算途中遇上了倭寇，也能免去一場衝突。」

第七章

夜裡我們放下小船去見接頭的人，船底觸及水面濺起了銀白色的浪花。就快接近東寧船艦拋下的梯繩時，上頭的人以遮布閃爍手中的提燈，新海伯也隨即做了相仿的動作，只是頻率有些差異。

「你們要記住這個暗號，往後也許用得到。」

「這是東寧水師的暗號嗎？」誠衛哥說。

「只說對了一半，」新海伯罩熄提燈內的火苗，「李大人應該曉得，明鄭是由鄭芝龍將軍率領的海盜集團起家，早期與倭人聯手組織武裝商隊控制整片東海。這片凶險的海域上充滿著東瀛和南洋的海盜，以及紅毛番與福建沿海的各組漢人勢力，為了要在夜裡分辨敵我，鄭家軍創造一套複雜的通信法，主要是以燈火明滅的時間長短與快慢來傳達暗號。」

我不禁叫道：「這好像摩斯密碼呀！」

「老朽孤陋寡聞，未曾聽聞小兄弟所言之事。」他似乎有些沮喪，像在重要考試中意外受挫的高材生一般落寞。

頓時海面刮起了強風，小船始終無法接上來回晃動的梯繩，上頭的人索性放下木盆命令我們將鴉片放進去。「等等我們就會放下銀條！快把東西扔進來吧！」

年萬對著上頭大喊：「我們有事向大人商量！是關於下一批交易！」

「這風吹得太狂啦！上來會有危險的！」

當下小船頻繁在海浪中與船艦碰撞，誠衛哥居然逕自背起了裝有鴉片的麻布袋踏上船緣，新海伯趕忙阻止他，「你想要幹麼？」話還沒講完，誠衛哥便縱身一跳，半個身軀沒入了海水，所幸雙手已抓到梯繩。新海伯焦急地大喊：「你一人是拿不到旗幟的！」

誠衛哥奮力踩上梯繩離開水面，隨後轉頭說道：「我有辦法的！」

我擔心地望著他：「誠衛哥！不要勉強了。」

「別擔心，我自有辦法。」我想他肯定又要隨機應變了，眼下能有什麼把握能隻身盜走旗幟。

當他爬到半途，風吹得更強勁了，誠衛哥費了好一番功夫才在東寧將士的協助下站上甲板，見他與上方接頭的人談了許久，也成功地交換了麻袋，此刻海面卻突然打來數波長浪，我們所乘的小船都進水了，年萬和新海伯趕忙用勺子將海水舀出，眼下即使是東寧軍的大船也開始劇烈晃動。冷不防地，誠衛哥站不住腳滑落甲板，墜落的瞬間抓住了掛在欄杆旁的三角旗，上頭寫有豹字。東寧將士想要救他，試圖將誠衛哥拉上甲板，但他來回晃動了兩下就扯下旗幟落入海中，年萬趕緊跳下水，好不容易才將他拖上小船。

新海伯看著咳出海水的誠衛哥說：「你這個傻子！我要的是上頭那面旗幟，」他右手指著高掛在東寧軍帆桅的方型豹旗，「要這小的有啥用！」

「那現在該怎麼辦？」

「原本是要讓內應暗地裡交給咱們，如今能有什麼辦法，先回去吧！」

跪在一旁的誠衛哥被海水嗆得講不出話來，倒是一旁深諳水性的萬年輕斥一聲說：「真不懂你們在搞啥鳥毛。」

回到福船的甲板，年萬迫不及待打開麻布袋確認裡頭的銀兩，正當他數著白花花的銀條時，赫然發現麻布袋的底層另有暗袋。「這又是啥？」

新海伯急忙將他推開，並從袋中拉出一面巨大的旗幟，「成啦！東西在這兒呢！」果真是豹字旗！

「太好啦！」誠衛哥見狀也開心地上前，與對方相擁歡呼，原先的陰霾遂一掃而空。

回到石獅港後新海伯先讓年萬的人馬下了船，容不下片刻休息便命令水手準備啟程東渡。福船上除了提督派給誠衛哥的五十名大清水師，尚有二十餘位航海經驗豐富的石獅會水手，以及一個貌似南洋人的瞭望員。如今就算在海上遭逢劫掠，至少還有足夠的兵力可以防備，但若遇上鯤鯓沿海的東寧水師，或者是日本船艦，若少了誠衛哥手中的豹字旗恐怕是要以卵擊石。

天剛破曉水手便起錨離港，新海伯站在逆光的甲板上說：「午時才能掛上旗幟。」

我好奇地問道：「為什麼？」

「泉州以北兩更之內的海域都還在大清的掌控之中，太快掛上豹字旗會被誤認作敵艦的，屆時未因出海而入罪，恐怕就被施家水師給擊沉了。」

「要是在那兒之前遇上東寧水師呢？」

「這也只能聽天由命了……我的人馬能夠在三里之外辨識對方的船艦，即時掛上旗幟還不算太晚。咱們此行未授命於朝廷，既要躲避自己人，也須提防敵艦，可說戰戰兢兢呀！」

誠衛哥從懷中取出一副雙筒望遠鏡，「若有此物相助呢？」

新海伯興奮地叫道：「這是西方的玩意兒！叫千里眼，不過我倒是頭一回見到這種兩目的。」

「老伯到底學識淵博，李某深感佩服。」

新海伯感嘆道：「還是比不上你們異域來的人呀！」

原來他早已曉得我和誠衛哥的來歷！之前還擔心在漫漫航程中要是聊起彼此的事，將不知道該如何編造此行目的，畢竟我根本不明白自己是以何等身分存在於此亂世。身為棋子無須了解太后的安排，即便她已棄子，我們的任務照樣要繼續。

午後，新海伯命瞭望員將豹字旗掛上船桅，我和誠衛哥則開始輪番補眠。躺在草榻上看著窗外的海平線規律起伏，由於一路以來的舟車勞頓，不一會兒就萌生睡意。夢裡我看見偌大的巨龍盤旋於船桅頂端，展開的雙翼足以蔽日，當下海面湧起數波長浪，狂風暴雨之中，甲板上積了大量海水。接著遠方飛來一群蛇首人身的怪物，血盆大口地往巨龍的身上猛咬，寡不敵眾的巨龍遂在空中失去了平衡，最後迅速墜入洋面，激起的巨浪幾乎要把整艘船體給吞噬。

我奮力地緊抓薄毯，胸口興起一陣不適的悸動，這才發現自己在夜裡的船艙醒來，外頭正下著濛濛細雨。

「你醒了？」誠衛哥望著回到甲板的我說。他和新海伯沒戴雨具，一同在寒風中啜著熱茶。

「怎麼沒叫我，應該睡超過兩個鐘頭了吧？」

「和老伯聊得起勁，一時忘了時辰，」他略帶古調的說話方式有些滑稽，「等這兒茶喝完了，換我去休息。」

「小兄弟，一起喝茶吧，」新海伯命南洋助手取來一壺剛熱好的茶水，「向兩位介紹，這位是義子小巴，不會說話，但聽得懂漢語。」

「謝謝。」我接過茶杯暖手，並用眼神對小巴致意。

誠衛哥走了之後，新海伯自懷裡取出菸斗。「目前看來還算順利，鯤鯓就快出現了。」

「老伯不打傘嗎？」見他試圖以火鐮點燃菸草，卻始終沒有成功。

「這種小雨打在身上，不一會兒就被海風吹乾了，不礙事兒，」他轉頭看著我說：「小兄弟，麻煩過來幫我擋個風吧。」順手再拿出另一只火鐮盒。

「抱歉……」

我彎下身去替新海伯擋風，見他白髮蒼蒼，不禁問了：「老伯以前是做什麼的？你有兒子嗎？」

他總算點燃了菸斗，順著風吐出第一口白煙，「有，死了。」

「這也沒什麼，幹海盜的，命都丟給大海了，死不死也是早晚的事兒，」他笑著說：「我也算死上好幾回了。」

「為什麼要當海盜呢？」

「全村的人都是海盜，還能幹其他活兒嗎？」新海伯望著朔月，長長的白髮在風中飄動。「早年我曾加入鄭芝龍船長經營的武裝商隊，打著前朝旗幟在東海奔走，但我們從不欺負窮苦人家，說實在的，沿海各地漁村都窮得沒飯吃了，哪裡還有東西可以搶。」

「那你們都在幹麼呢？」

「走私、劫掠商船、和洋人做生意囉！最遠還被派到南洋的滿剌加。當初在那兒討了個老婆，結果三年之後遇上土番叛變，殺了不少唐人和紅毛番，妻子也在那場混亂的撤退中讓自己人給欺負了，最後抱著娃兒投海自盡，我可是孑然一身地回到船上呀！但見到弟兄們又都是歡欣鼓舞地準備回鄉，倒也在那愉快的氛圍中收起了矛盾，就此忘記自己曾在那片遙遠土地上的身分。」

「我們還是講點別的吧……」

「無妨，老朽也不久人世了，既然你問了，就當作是傾聽一位將死之人對生平的自敘吧。」

新海伯在漆黑的夜幕下談起回鄉的往事，當時他已是年過四十的壯年人，所幸漁村的姑娘為他產下一子，原本期盼能在這塊兒時的土地安享晚年，卻由於生計必須重操舊業。甲板上的火炬猶如聚光燈照遍他滿臉的皺紋，仿若唱著獨角戲的主角，述說著明末清初的故事。

「我回到泉州的漁村時，鄭芝龍船長早已歸順大清，部將各個分崩離析，雖說大夥兒還打著鄭家軍的旗幟行走於東海，其實各懷鬼胎，劫掠自家人的事件屢見不鮮。」新海伯這次則是逆著風吐了一口白煙，煙絲拂過臉頰，頓時發現他的眼角流出一道淚痕。

後來鄭成功起兵抗清，驅逐了南鯤鯓的荷蘭東印度公司，新海伯的船隊遂選擇歸順東寧以便合法地與日本人交易，翌年鄭成功病逝，其子鄭經率領將士自廈門東渡奪權，荷蘭人也在其間重佔雞籠，東海上遂有了新的氣候。

新海伯本以為事業能就此穩定，豈知世事難料。有一回他帶著兒子打台江北上與東瀛大名做鴉片買賣，船才出港便發覺桅頂的鄭家旗給人卸下了，方覺有異，竟有東寧水師追擊而來。

當時海面波濤洶湧，必須立刻掛上旗幟才不會被識別為賊船。「咱們給人陷害啦！有內鬼，官兵想私吞這批貨。」水手喊道。

新海伯趕緊命令兒子掛上桅旗，「快將備用的旗子掛上，這沿海一帶都是漁船和商船，就不信他們敢動咱們一根寒毛。」

話才講完對方就猛烈開炮，卻似乎有意不擊中船體，新海伯的兒子背著大旗奮力爬上船桅，劇烈搖晃之下卻始終無法掛上旗幟，好幾次都差點摔落甲板。然而就在水師的船艦逐步逼近時，對方開始以鳥銃射擊甲板上的水手，大夥兒忙著避難，只有新海伯一人呆立在甲板中央，眼看著自己的兒子在槍林彈雨中被鳥銃擊落。

如今新海伯背對著自己，語帶哽咽地說：「後來那批官府的流氓登上了咱們的船，硬是栽贓咱們私運違禁品，他們用那面鄭家旗裹著我兒的屍首丟入海中，其餘生還者皆被送入大牢。」

「真是過分！」

「小兄弟呀！幹咱們這行遲早是要死的，能活到這把年紀算是上天恩賜了，如今還有小巴守身邊早已心滿意足。他是我在澎湖的牛糞坑裡撿來的，被當地人作奴隸使喚，要是滿刺加的娃兒沒死，也該是他這年紀了。」當下小巴黝黑的嘴角揚起一抹微笑，之後又去做他的雜物。

「所以老伯最後才又選擇去投靠提督嗎？」

「那也是場意外。老朽隨後被鄭軍流放廈門，一天夜裡，聽聞同樣被禁錮牢中的鄭襲將軍欲率眾逃出，老朽便跟著大夥兒投誠滿清，接著又在同鄉友人的引薦下加入了石獅會，負責監視沿海天龍黨的一舉一動。」

故事講完，發現遠方的海面上有塊比黑夜還深的隆起物，新海伯平淡地說道：「鯤鯓已近，準備轉舵北行。」對他而言，那是塊充滿著遺憾的土地。

「遇上東寧船艦了嗎？感覺船身晃了一下。」轉頭看見誠衛哥從船尾的艙口走了出來。

「看到台灣了。」我說。

「台灣？那是異域人的稱呼嗎？」新海伯轉身看著誠衛哥，「怎麼不再多睡一會兒？」

「濃茶下肚，心神不寧。」

新海伯笑道：「既然睡不著，便來聊聊你們所謂的台灣吧！」

「正如你所見，就是東海一處如巨鯨的島嶼不是嗎？」

「那當然，但我指的是你們所知的台灣，聽說你們是打那兒來的？」新海伯確認自己的發音是否正確，「台灣，老朽應該沒有念錯吧？」

「異域裡的台灣，也就是老伯所知的鯤鯓，是片充滿希望的樂土。」

「但據咱們那傳聞，鯤鯓可是充滿妖魅的鬼島，尤其以山後之境最為險惡，飛天蛇人、山魈火鼉盤據谷中，不時還有鰍精鮫民現於河海，如無國姓爺所秉正氣，亦或是紅毛番的奇兵怪器，誠不能過山半里。」

聽新海伯這麼一講，忽然覺得眼前那塊黑壓壓的島嶼實在不像印象裡的台灣，一時竟有種鬼怪降於遠方山頭的錯覺。

「老伯，您說的飛天蛇人是什麼？」

「是生於鯤鯓東北，一處名為暗澳之地的怪物，多半手持長矛，喜好食人殘肢。」

「暗澳？是小島嗎？」

「是座一年一晝夜的荒島，雖然老朽曾聽聞極北之地確實存在如此天象，但暗澳就彷彿結界一般，即便在風光明媚的日子裡，若不慎駛入其所，霎時便不見天日。」

「居然還有這種地方！」

誠衛哥則不以為意地說：「謠言止於智者，據我所知，台灣東北方海面應該只有基隆嶼和龜山島，哪有什麼一年一晝夜等荒唐之地。」

「呵！李兄所言甚是，汪洋中的鬼神之談多半只是迷航船夫所見幻象，不可信也。」我靠近欄杆往下看，發現船身衝破的海浪裡透出藍色螢光。「快來看！那是什麼？」

「我們已經趕上黑浪啦！」新海伯說：「過去聽聞鯤鯓沿海的黑浪中確有其象，但這倒是老朽頭一回親眼目睹。」

誠衛哥又是從容說道：「那應該只是富含養分的黑潮中的藻類屍體。」

「李兄可真比老朽見識要廣。」

「承讓了，略知一二罷了。」

碎浪中的螢藍光輝猶如沉入黑水溝的數千亡靈哭喊著讓祂們上船，想不到身為土生土長的台灣人，卻完全不曉得今夜所聞之事，遙望著遠方的山丘幻想夢裡所見的飛天蛇人，心中依舊期盼這一切都只是巧合。

「好在你們的目的地是琉球，若要老朽登上此岸，上頭撥下來的銀兩可不值得弟兄們犯這個險。」

誠衛哥繼續問道：「我們是不是快要離開鯤鯓了？」

「依沿岸地貌可見，咱們應該在魍港以北兩更之處，不再有機會遇上東寧水師了，倒是要提防洋人船艦，即使紅毛番現下與我為盟，但說穿了這幫人就是批海盜，任何卑鄙行徑皆可預期。」講完便命小巴卸下桅上的豹字旗。

「老伯說的紅毛番……是指荷蘭人嗎？」

還不等新海伯開口，誠衛哥便了當地說：「沒錯！指的就是ＶＯＣ，荷蘭東印度公司。」

「紅毛番為鯤鯓沿海，除東寧國之外最強的勢力。大肚王國衰敗之後，內地尚有鹿王所率領的鹿族，以及鬼面七黥領導的獠族。鹿族擅馴鹿，因有紅毛番的火器相助，雄踞於鹿谷。獠族則為半人半獸的狩獵部，藏於深山，族人皆黥面，掌背刺有三指鳥爪，各個驍勇善戰，可於林間飛梭自如。」

「那又是什麼怪物！」

新海伯抗議道：「那可是當真存在的化外之民，絕非無稽之談。」

誠衛哥開玩笑地說：「我們的祖先可真是奇才，不但能在樹上飛，還會騎鹿，有夠虐待小動物。」當然我隱約猜到他完全不信此事。

霎時海面颳起強風，並且雷聲大作，由陸岸輪廓的變化可知船速變得相當快，帆面幾乎要給撐破了。水手們忙著固定甲板上的東西，小巴則帶了幾個人爬上桅頂將風帆降下，不少暈船的施家水師都因此吐出了膽汁。

「老伯，我們還到得了琉球嗎？」誠衛哥焦急地問道。

「我看這等狂風必將傷及船身，最好先找個港灣避難，細察損傷。」

高空中的紊亂氣流彷彿巨獸低聲怒吼著，大浪四起打上甲板，船艙內不時傳出哭喊，大夥兒都說是遇上海翁了，福船隨時可能翻覆。站在桅頂的小巴示意我們看前方，我和誠衛哥爬上船首的高甲板，在風雨交加的視線中確實發現海面上浮著類似鯨豚的尾鰭，但由於距離遙遠，難以估測牠的實際大小，可能是大型的虎鯨，也可能是身長十米以上的抹香鯨。

「台灣海峽內應該看不到鯨魚吧？」

「是滿不合常理的，但搞不好四百年前的環境比較友善，或許有機會遇到比較巨大的海洋哺乳動物。」

「但這些風雨又是怎麼一回事？」

「也許是冬颱，熱帶氣旋在冬季影響台灣的例子不算少見。」誠衛哥試圖以理性的方式解釋眼前的景象。

「兩位快下來吧，上頭危險！」新海伯在下方吶喊著。

轉身發現甲板上的燈火都已熄滅，卻有一人手持火把自新海伯身後步步逼近，右手還拿著短刀。

「老伯小心後面！」

新海伯還來不及轉頭，就被那人以刀刃架住脖子，正當我定神望見他就是光頭男時，一道鮮血瞬間從新海伯的頸部噴出，接著便給扔倒在地。

誠衛哥想要掏槍，摸著腰際卻找不到槍柄，光頭男微笑地從身後取出手槍，看來是在無意間讓他取走的，所幸他並沒有要朝我們射擊的意思，只是順勢將手槍丟向大海。

此刻誠衛哥想起了裝有槍枝的黑色行李袋，眼神才掃過甲板，便引起了光頭男的注意，誠衛哥隨即跳下船首，兩人不顧大浪中來回傾斜的船身，皆奮力想搶奪行李袋。我則是死命抓著欄杆，幾乎要給拋入海中。

光頭男似乎較快適應搖晃的甲板，左手拿著火把干擾誠衛哥的視線，右手的短刀彷彿逗弄野獸一般來回揮舞。我朝著船尾的艙門大喊：「李將軍有難！將士為何不來相助！」

忽然一波巨浪推起福船，船尾隨之翹起幾乎垂直面向著大海，我抓了條麻繩以免失足落入海中，苦鹹的海水打在臉上痛得難以睜開雙眼，無意間竟發現將士們的屍體從船艙口滑了出來，並隨著不斷傾斜的甲板愈滑愈快，就要直接落到我身上了！

我踢著左右側的欄杆來回閃避屍首，赫然發現誠衛哥也跌了過來。

「誠衛哥！抓住我！」

即便他手臂受了刀傷，依然在千鈞一髮之際使勁抓住另一條繩子，而光頭男則憑著驚人的臂力將刀刃插入甲板，騰空懸掛在上方，左手還提著塞滿槍枝的行李袋。

「糟糕！被他拿走了！」誠衛哥講話的同時，船身已逐漸回正。

「誠衛哥！你沒事吧？」

「皮肉傷而已！聽好了，船身一回正，就馬上跟我跳下甲板，他現在抓著袋子不好跟我打，你就在旁邊作勢搶袋子，切勿靠得太近。」

結果一跳下甲板，就見到光頭男從容地倚在船緣，右手拿槍指著我們，嘴角露出令人非常不舒服的笑容。他輕輕地說道：「Game over。」這是我第一次聽見他的聲音，希望不會是最後一次。

誠衛哥捨身撲了上去，似乎認為只要挨過第一槍，應該還有其他退路。儘管我對於槍枝的操作不是很熟悉，但就上回在皇城內的開槍經驗，自動手槍至少都能連續擊出十發以上的子彈。他這麼做完全無濟於事呀！可想而知他只是在臨死之前不願放棄任何希望。

扳機扣下的瞬間，誠衛哥距離他還有五步之遙，光頭男有充分的時間瞄準對方的額頭開槍，接下來只要再殺死手無縛雞之力的我，事情就算結束了。然而這等狂風暴雨之下，孤身一人其實很難在大海中存活，但從他不顧一切殺死船上所有人的行徑可知，光頭男一開始就想與我們同歸於盡。

霎時一道黑影從光頭男左側閃過，一鼓作氣推著他一併掉入海中。當兩人將要翻過船緣時，我清楚地看見那個人就是小巴，他比起誠衛哥更快接近光頭男，臉上還帶著想為新海伯報仇的恨意。但由於一切發生得太過突然，誠衛哥沒有機會在小巴墜落之際抓住他，卻也及時將被拖往大海的行李袋給拉了回來。

稍晚風雨停了，本以為災難會就此落幕。正當我們癱軟著身子坐在甲板上，底層卻突然傳出巨大的木頭斷裂聲。

我和誠衛哥對望一眼，確認他心裡跟我想的是同一件事。船要沉了！

我們起身慢慢朝船尾移動，即便內心慌亂，腳步卻快不起來。

「你看！」拖著行李袋的誠衛哥指向即將沒入水面的船首，甲板已和海平面成三十度傾斜。

「怎麼辦？」

「那邊有個木箱，我們坐不進去，但可以用來裝行李袋。旁邊還有一塊木條，繫好木箱把繩子綁在木條的中段，我們一人抓著一端，應該可以勉強浮在水上，接下來就只能聽天由命了，希望天亮之前會更靠近岸邊。」他語不間斷地想好了所有細節。

「只能這樣了，事到如今，也沒有選擇的餘地，自然也沒什麼好擔心的。」

他聽完冷笑了一聲。畢竟這次是真的身處絕境，定下心來簡化問題才是唯一的出路。

破曉時分船尾已快要沉入水面，我們望著身旁的浮屍深深地吸了一口氣。

「要下去囉，準備好了嗎？」

「我好了，下去吧！」

我們順著船尾的艙頂甲板緩緩滑入冰冷的海水，所幸木條和估計的一樣足以承載兩人的重量，裝著行李袋的木箱也安穩地浮在水面。

天幕逐漸轉亮，這才發現夜裡黑壓壓的陸地其實近在眼前。身為汪洋裡的渺小人類，在如此風平浪靜的海面上卻也如同乘坐雲霄飛車般載浮載沉，朝陽時有時無地出現在山頭，有好幾次鼻頭都沒入水中而嗆水。

我們朝向岸邊游了很久，不知道是否心理作祟，總覺得距離沒有明顯縮短。半途中，身旁還出現數尾鯊魚啃咬著將士的屍首。

在恐懼的泳渡間吃了好幾口海水，誠衛哥也是被嗆得喘不過氣。帶著絕望不停地游，幾乎無法確定麻痺的雙腿是否正依照著意志擺動，直到觸及暗礁，這才開始死命推著木條向前划動。即便腳掌已扎實地踏上了陸地，我們依舊緊抱著胸前的木頭不放。

所幸終於脫離了浪水可及之處，這才筋疲力盡地倒臥在石灘上，內心的恐懼皆融化成滿身疲憊。

誠衛哥閉起眼睛，抬頭跪坐在海灘前，並維持這種姿勢好長一段時間。之後他開口說道：「其實我不會游泳。」

「真的嗎？」

「我騙你幹麼！」他開始發狂似地仰天大笑，響徹雲霄的回聲沖散了頂上烏雲，一時晴光乍現，我也跟著附和起那死裡逃生的激動，寬闊的天際線迴蕩著瘋狂的喜悅。

隨後前方的紅土崖壁傳來低頻的共振，聽著聲音逐漸接近，恰似一群馬兒奔馳而來。然而就在那群身形矮小的化外之民騎著梅花鹿出現在眼前，這才驚覺昨夜新海伯所言不假，那就是鹿民。

一名棕髮的西方人從鹿群中走了出來，「依兩位的外貌，理當是大清使者，」他摘下三角帽，向前站了一步鞠躬說道：「失禮了，我是英吉利商人佐治狄蒙，受雇於東印度公司，這些是幫助公司巡防海岸的鹿民傭兵，你們已經進到了荷蘭共和國的領地，應當受公司庇護，請隨我去見北荷蘭城統領吧。」儘管對方看似語帶請求，但就情勢而言其實我們並沒有選擇的餘地。

跟著佐治途經一片高大的芒草林，身穿獸皮衣的鹿民以鐮刀開道，走在前方另有兩位背著火繩槍的鹿騎傭兵。緊接著又是密實的灌木叢，佐治說這一帶不久之前下了連日豪雨，原有的道路已經消失了，行走在泥濘的草堆上，眾人前進速度相當緩慢。路上佐治提到了數個月前亦有漢人於東北角擱淺，不免令人聯想到學長和蘇莫的帆船。

「狄蒙先生，請問您所謂的帆船是官府的船隻嗎？」

「船上主人雖未佩帶使節，但就衣著推斷又非尋常百姓，亦或盜匪之輩，而如今他們已不在城中了。」

「他們有幾個人？之後去哪了？」

「這說來話長，況且恕我冒昧，尚未見到統領之前敝人實在無法透露詳情。」

穿過兩排整齊的林投樹，海浪聲變得更加明顯了。本以為鹿民會帶我們往山裡走，最後卻再度回到一處佈滿砂礫的海濱。鑿穿雲層的天光彷彿在前方的小島上落下一座歐式堡壘，城外人來人往，有下貨的水手，也有估價的商人。我們所在的海灣和島嶼之間形成了一片平靜的水域，各式各樣大小船隻如同平房漂浮其上，粼粼波光中的航海聚落隨風推起了大發現時代的搖籃。穿過鹿民的漁市，赫然發現港灣外圍的水深之處有艘巨型貨船，一旁還停靠兩艘掛有紅白藍三色旗的船艦，旗幟中央隱約可見「V」的字樣。這裡就是荷蘭東印度公司最東方的根據地。

誠衛哥淡淡地說了：「那是和平島。」

來到海灘前，看見有兩位鹿民傭兵拖著小船上岸。後來他們又騎著梅花鹿跳入水中，綁了一條粗麻繩牽住船首，示意要我們上船。

我問佐治：「這樣沒問題嗎？」

他先是一個箭步跨上小船，再回頭望著我們，「相傳鹿民的祖先是騎著鯊魚南渡到這片溫暖的島嶼，上岸之後，鯊魚的背鰭就此消失了，胸鰭連同尾鰭也逐漸轉化成了鹿蹄。即便在千年之後梅花鹿早已追隨鹿民遷徙內陸，卻始終保有水性。就讓他們拉著小船過去吧！想必你們也不願再沾濕衣袖。」我倆身上濕漉漉的衣服不時滴落水珠，這話聽來遂格外諷刺。

抵達了彼岸，我們帶著忐忑不安的心情走向那群前來迎接的荷蘭衛兵，其中一人頭戴三角帽，其餘則配戴鋼盔。佐治率先上前向帶頭的人報告，看似長官的歐洲人對佐治說了一些話，亦時不時打量誠衛哥肩上的行李袋。

「請見諒。敢問兩位身上可否有清國的通行文件，或者足以證明身分的物品。」

誠衛哥立刻取出虎符，「在下李誠衛，此乃大清水師虎符，。」

還不等佐治翻譯，對方就摘下三角帽鞠躬致意，並看著誠衛哥說了一段話。佐治馬上傳達了對方的意思，「讓我向兩位大人介紹，這位就是北荷蘭城統領何曼德彼特。統領表示對於將軍此次前來有失遠迎，我軍在夜裡見到西方有雷光閃爍，便立刻派出斥侯觀察海面情勢，之後獲報有船在沿海擱淺，我們本是要出海相救，但囿於天象實在惡劣而作罷，讓將軍受難了。」

「沒事的，代我向統領致謝。我軍未事先告知便徑自前來，未受責難已是蒙受恩遇。」

儘管對方的態度有明顯轉變，但未必就能自此卸下防備之心。我和誠衛哥先被帶往澡堂做簡單的梳洗，隨後又來到一處擺了張大長桌的會客廳用膳。室內掛有逾十米的橫幅航海圖，一路從北美延展自日本，由上頭的兵力部屬可見東印度公司的大本營在南洋一帶。

「真想不到兩位也熟知刀叉的使用方式，」佐治將眼前的牛排等分為二，似乎是在配合他口中的話，「這讓我想起不久之前發生的事，那兩名漢人也沒有拿起我們特別準備的筷子。」

誠衛哥默不吭聲，僅僅微笑致意，這時從頭到尾都沒有開動的何曼終於說話了，經佐治的翻譯內容大致如下：

去年四月我軍船艦集結於鯤鯓西北的出海口，準備支援清軍攻打澎湖，豈料大清水師竟以颱風為由驟然退兵。今年三月，水師提督施琅再度致書北荷蘭城，說明他將會親征澎湖，然而現下已到了十一月，卻始終不見清軍有所動靜。今年夏天東寧軍血洗了大肚王國，隨即又揮師北上，如今已駐紮於三角蠣，滬尾的安東尼堡眼看將要兵臨城下了。再加上敵方似乎已備好九江天火，射程可達百里之外，大清屆時若再不出兵牽制，東印度公司恐怕就要退出雞籠了。

佐治繼續不懷好意地說：「我們希望清軍能夠立即出兵。李將軍，關於這點您做得了主嗎？」何曼則面無表情地盯著誠衛哥，彷彿正等待著對方露出馬腳，他們大概是從一開始就猜到我倆所乘的並非朝廷船隻，搞不好最後會被當成海盜處置。

緊接著門外來了一名衛兵，一進門就上氣不接下氣地向何曼報告，何曼愈聽神情愈發嚴肅，始終沒有拿起刀叉的手掌早已雙雙握拳。誠衛哥遂悄悄地將手伸進了行李袋，有意在必要時先發制人，頓時餐桌上的氣氛顯得劍拔弩張。

「請你們不要緊張。該怎麼說呢？我們其實都知道了。」佐治起身望著我們，並緩慢地將刀叉放下。我不能理解他所謂的『我們其實都知道了』，究竟是什麼意思，或許那只是欺敵的手法，試圖爭取衝突發生前的微妙時機。然而何曼卻突然將腰際的手槍擺上桌面，槍口面向自己，金屬槍柄在陽光下格外炫目。佐治沉穩的聲音再次劃破餐桌上的寧靜，「我們來談談去年冬天的故事吧！那兩個人可比你們要幸運得多，他們可是趕在第一波東北季風來臨時就乘著小船登上這座島嶼。」斜陽西曬在擺鐘上，頓時有種時光倒轉且身入其境的臨場感。

當初蘇莫和陳忠順也是在餐桌前取出與誠衛哥手中特徵對稱的虎符，假若以公模面相合，恰可形成一頭完整的獅子。何曼那時不疑有它地接過虎符詳察，那時門外卻闖進一名神色緊張的衛兵，他大喊著：「鹿民抱怨公司積欠鹽米，將他們的船拖走啦！」

何曼隨即對佐治說：「快問他們船上有沒有重要物品！」

然而當下察覺有異的蘇莫由於不諳荷語，又懷疑對方將會對自己不利，她一個箭步跳過餐桌，以短刀架住何曼的脖子。陳忠順也立刻掏槍指著佐治，又擔心對方沒見識過現代手槍的威力，刻意先朝天花板開了兩槍。

佐治高舉著雙手說：「兩位請等一下！我們絕對沒有要謀害你們的意思，」他額頭上的水珠順著眼角流下。稍稍喘息之後，才誠懇地看著陳忠順說：「城外的鹿民把你們的船拖走了，這是我們的疏忽。兩位貴為清國特使，東印度公司必將予以款待，只要明白地講出你們此行目的，我相信統領必定會在能力所及之處給以協助。」

故事講到這兒，我察覺如今佐治的臉頰上也佈滿著汗水，他似乎一直盯著誠衛哥伸入行李的右手。

「那麼他們最後去哪裡了？」誠衛哥不看佐治了，轉而盯著何曼的雙眼問道。

何曼則是望著對方犀利的眼神講了一段話，於是佐治幫忙翻譯道：「他們去幫鹿民打仗了。」

第八章

草山南面的窪地周遭分布了三組勢力，分別是與東印度公司結盟的鹿民、東南方山林裡的獠族，以及自臺江北上的東寧軍。夏季來臨時，海水波濤洶湧地推入河口，經過三江匯流的港仔嘴再直逼上游，潮汐向東止於大湖南側的水返腳，向西則達峽谷內的海山川，並經常於三角蠣氾濫成災，以至於武力龐大的東寧軍僅敢紮營於西岸的樹林之外。三個月前他們曾試圖橫渡三角蠣挺進窪地，卻正巧遇上颱風帶來的土石洪流，沈船下死裡逃生的東寧軍由於缺乏糧食全都患了傷風，最終在飢寒交迫中被獠族給輕易擊破，亡者頭顱滾落雷里溪底，使得下游地區漂浮著鮮紅血水足有三日。

獠族向來棲於山中的密林深處，不知為何近年屢屢進犯鹿民的領地。如今忠順學長的所在地就位於雷里溪東側的丘陵一帶，他加入了鹿民的屯墾隊在山腳下建立木寨，計畫等春天過後沿著九曲河谷攻入山林，藉此奪回被獠人搶走的曜石。

至此誠衛哥打斷了佐治。「曜石被搶走了？」

「據蘇姑娘所言，那是一顆蘊含著強大能量的石頭，我其實也不明白它的用途為何。當初鹿民傭兵拖走了小船，本以為上頭藏有寶物，後來他們發現船艙內僅有一部厚重的經文，和一顆帶有光澤的玉石，就索性偷了玉石返回部落。豈知後來盜取曜石的戰士於一場和獠族的衝突中遭到斬首，而在隨後引發的戰爭中，鹿民首領托部甚至不幸遇害，曜石遂不知去向，估計早已落入獠王鬼面七鯨的手裡。」

誠衛哥再急忙問道：「那麼龍藏經如今又在何處？」

「就藏在北荷蘭城的地窖中，稍晚會帶兩位前往確認，證明我所言不假。」

誠衛哥總算能靜下心來，他泰然地看著我說：「由地理環境推測，陳忠順現在所處的地點應該就是三百年後的木柵，而現下鄭軍駐守樹林、三峽一帶，鹿民據於基隆河谷，獠族則在新店溪的上游。」

「那麼狄蒙先生，請問你們有辦法帶我們去木寨嗎？」

「再過兩三天會有一批鹿民的增援軍從女巫地出發前往木寨，屆時統領將安排人員隨行，你們可以跟著增援軍過去。然而在此之前，建議你們先待在城內好好歇息。」

三日後，東印度公司派了四名衛兵帶我們前往女巫地，鹿民的部隊要先在此祈福方可啟程。下方的溪流飄散著濃厚的硫磺味，鬱鬱蔥蔥的山徑旁更不時有熱氣自地表冒出。

「跟著鹿民走可以避開湧泉，前陣子才有一名日耳曼上兵不慎落入滾燙的山泉，救起來時腳掌已被燙得見骨。要不是我太重了，還真想同他們一起騎梅花鹿呢！」佐治的身高與我相仿，但骨架稍寬，而即便像我如此身型都能輕易地將鹿兒壓垮，唯有嬌小的鹿民才有辦法騎上一頭成年的梅花鹿。體魄壯碩的戰士則以水鹿為坐騎，也普遍都是裝備火繩槍的小頭目，頭頂配戴鷹羽髮飾。水鹿的性情較梅花鹿沉穩，藉此駕馭者才能更精準地狙擊敵將。

接著眾人來到一片長滿竹林的谷地，遠方山頭頓時冒出陣陣白煙。噴氣孔周遭寸草不生，並於地表露出覆蓋硫磺結晶的岩盤。隨鹿民步入竹林，粗壯的竹幹於強風中相互擠壓，並在谷地內產生巨大的回響。

嘎——嘎——

我們輕鬆地通過領頭人開闢的蹊徑，倏然有位男童在上方的竹林間盪來盪去，誠如電影裡的泰山穿梭自如。不一會兒他便抱著彎下的竹節在佐治耳邊用英語小聲問道：「他們是誰？」

「是我們的賓客。」

「為什麼要跟著我們呢？」

「這跟你沒關係，你話太多了。」

我禁不住用英語插話道，「我們要加入戰爭。」

佐治瞪大眼睛看著我說：「你會說英文？真不敢相信！」

「沒像你講得那麼好。」

佐治不以為意地笑了，隨後又對著盪到另一根竹節上的男童說：「我猜，你交了個新朋友。」

「朋友？但是我們的族人是不會答應的！」

我問男童：「為什麼？你們不被允許跟外地人交朋友嗎？」

他從竹子上跳了下來，以疾行的步調跟在身旁。「我指的是戰爭。」

佐治向他解釋：「他不會加入鹿將軍的軍隊，他們的目的只是要幫助蘇莫取回玉石。」

「蘇莫不會有軍隊的！除非陳忠順願意嫁給鹿王，但是他不願意。我們只會防守河谷，不可能進攻東南方的林地。」

「為什麼他要嫁給鹿王？」我一時驚訝道。

佐治改以漢語說：「誰叫鹿王對他一見傾心呀！你看這個小鬼才跟我學了不到半年的英文，就開始胡言亂語。」

誠衛哥一直跟著領隊走在前頭，沒有參與到我們的談話，他若聽見此事不知該會多驚訝。

「他所謂的結婚又是怎麼一回事？」

「陳忠順一進到木寨就被新任鹿王司沓薩給相中了，畢竟他比起一般鹿民的身材要高，又不像我有顯著的外族面容。依據鹿民傳統，女性鹿王成年之後就要和最強壯的戰士結婚，首胎產下的女娃又會是下一任鹿王，接續出生的男娃則被任命為鹿將軍。但鹿王在產下女娃之前都不能保有男嬰，必須放血後投入大海，」佐治轉頭瞄了男孩一眼，「這個孩子叫作哈內，是前鹿王托部產下的第一位男嬰，當時托部不忍心殺死哈內，便暗中差人將男嬰送至北方的琉球。隨後托部在與獠族的戰役中跌落山谷，至今尚未發現屍首，同一時間哈內也從局勢動盪的琉球輾轉回到了部落。而由於托部終未產下女嬰，在她失蹤之後，鹿王便交由托部的妹妹司沓薩繼任，哈內也因此躲過了慘忍的族規，慶幸地被大家給接受了。」

「所以我就此推測，現在的鹿將軍就是托部的弟弟囉？」

「沒錯，他叫作強壩，是個塊頭比我還大的男人。他很討厭哈內，似乎認為哈內的存在將動搖他的地位，畢竟都是王族血親，難免有所顧忌。」

哈內忽然抗議道：「你們在說什麼？為什麼不講英語了呢！」

「這跟你沒關係！走開！」佐治大聲怒斥。

哈內再繞到我的右側小聲問道：「佐治是不是跟你講了？」

「什麼事情讓你如此好奇？」

哈內大聲地說：「我是孤兒的事呀！」佐治聽見了，便搖了頭大步向前，似乎不願繼續參與這個話題。

我安慰他說：「他說你的母親曾經是偉大的鹿王，還為族人奉獻了生命，你應該感到驕傲才對。」我從麻袋中拿出一組魔術方塊。

「這是用來做什麼的？」

「沒什麼特別，只是玩具而已，」我在他面前轉動頂部的一層，順手交給了他，「這送給你，必須把一樣的顏色移動到同個面上才行。」

「謝謝你，我試試。」他低下頭去研究了好一陣子，隨後又看著我說：「但是有人告訴我她其實沒死，不僅如此，她還投降了獠族。」

「真的嗎？那怎麼可能！」

「假如是真的，我必定要親手殺了她！打從有記憶以來，我就明白自己不應該出生在這個世界上。儘管帶我逃到琉球的阿布不斷說服我，母親是迷失在森林時誤食了神鳥之蛋才會受孕，但同行的族人都說母親其實是和獠族人接觸之後才懷了身孕，更不幸地我還是個男娃，不配繼承鹿王的天職，也沒有機會成為統領族人的鹿將軍。我本該被投入大海，這件事情就連琉球百姓都以之為笑柄，即便如此，表面上我仍舊以母親為榮，畢竟這是對於生命的一種尊重。隨著我愈來愈懂事了，遂也明白母親當初撒下的謊言僅僅是想掩飾自己在花叢中與男人交媾的罪行，有天我偷偷闖進禁止男性入內的祝女聖地，是一處面向著大海的斷崖，遠方可見琉球創世神降臨之地。我心裡想著假使自己果真為神鳥的孩子，縱身一躍理當能在蔚藍的天際上翱翔。現在想想，那都只是在向自己賭氣。」

當時烈陽在洋面上為他開闢出一道光徑，俯視下方深邃的海水，一股大自然的力量瞬間吸引著哈內跨出證明自己的步伐，他逆著風往下跳，失重的瞬間也失去了意識，最後才在一處沙灘上醒了過來。

「結果在岸邊灑網的漁夫都說我飛起來了！」哈內說。

此刻佐治忽然放慢了腳步，並不懷好意地看著我們，「當初你分明是落入了海中，再被浪水沖上岸邊。」。

「胡說！我身上的衣服是乾的，根本沒有掉到海裡。」

佐治輕斥了一聲又離開了，當下我也想不出任何足以安慰哈內的話，只是繼續默默跟著大夥兒走出竹林。

到達女巫地時，橘紅色的太陽已落在地平線的上方，遠方的山巒被覆蓋了一層毛巾的紋理，於漸層的天幕下拱起傍晚的新月。

佐治望著山谷下熱氣瀰漫的溫泉湖，淡淡地說道：「他們說，這裡是通往地獄的大門。」

哈內往前站了一步，半個腳掌幾乎懸在崖邊。「女巫地是族人的聖地，先祖自遙遠的北方駕御鹿斑鯊渡海來到鯤鯓，上岸之後就是用此處的湧泉洗去鹿兒身上的鱗片。族人死後靈魂便會落入山谷，湖面下有條通往地獄的道路，唯有在那兒經過審判的靈魂才有資格回到北方的起源地輪迴轉世。」

滾燙的泉面不時冒出氣泡，白霧縈繞下，我看見對面的山頭擠滿了鹿民戰士的身影，之中有位騎著巨大水鹿的壯漢，除了身上穿著華麗的獸皮衣，胸口和左肩還配戴了金屬護具，他肯定就是佐治口中的鹿將軍強壩。對方先是對著我們舉起右手致意，隨後抓起鞍轡直接騎下陡峭的山壁。

溫泉湖畔有位帶著巨大樹皮面具的女人，她左手拿著皮鼓，右手指甲足有半公尺長，沙啞的歌聲在耳際迴蕩不絕，恰似千萬亡靈於谷底奔騰。

「狄蒙先生，她在唱什麼呢？」

「她說遠古的巨獸即將甦醒，能駕著旋風振翼高飛，藉此驅散洋面的迷霧。從牠嘴裡噴出的火焰足以蒸乾海水，讓天空中的巨蛇摔死在鯨魚的背脊上。其實這多半是鹿民的神話故事，待會兒她將帶著強壩的短刀走入湖中吸取亡靈的能量，之後再交還給鹿將軍。」

「走到溫泉裡？那怎麼可能！」

「我第一次來的時候也是不相信，等一下你就知道了。」

女巫接過了強壩的短刀，果真一腳踏入沸騰的泉水，直到全身沒入湖中，最後連漂浮在水面的亂髮也被扯了下去。約莫過了五分鐘，灰白的頭髮又再度出現在湖面，當她一步一步走回岸邊，這才發覺女巫身上的衣服和面具全都消失了，裸露的乳房上沾黏著灰白泥漿，皮膚卻絲毫沒有燙傷的痕跡。

強壩從女巫手中取回短刀，對著天空大吼一聲，隨後便騎著水鹿登上山壁。待他回到了人群中，環繞在山谷外緣的戰士才開始高聲歡呼，至此霧氣已被清風吹散，眾人的士氣也隨著滾滾泉水愈發高昂。

一名荷蘭衛兵來到跟前，恰有急事要向佐治稟報，這時消失了好一陣子的誠衛哥忽然拉著我站到一旁。

「鄭經的軍隊已經進入台北盆地了！只要他們跨過淡水河，不出半日便能攻打和平島，也就是北荷蘭城。」

「你怎麼會知道！」

「來報的斥侯是德意志裔傭兵，會說德語。我覺得你就先跟著鹿將軍去找陳忠順吧！鹿民不願與東寧國正面交鋒，所以我要回頭幫助何曼防守北荷蘭城，以確保龍藏經的安全。我幫你把彈藥分裝在麻布袋裡了，來！這把槍給你。」

「這是狙擊槍嗎？我不會用呀！」

於是誠衛哥往後站了一步，並要求佐治命眾人讓開，隨即將槍上膛。

砰——

四周安靜了下來，頓時發覺山谷對面的強壩正不悅地瞪著我們，似乎對於誠衛哥的行為相當不滿。然而他又不發一語地轉身離開了，戰士們也立刻隨鹿將軍的腳步往東方移動。

「這樣會用了吧？」誠衛哥看著我的眼睛，卻根本不期待我的回答。

佐治走過來淡然地說道：「寄人籬下凡事必須謹慎，若沒有鹿將軍的幫忙，東印度公司在這兒也不好做事，請保有應當的尊重。聽說您想幫助統領防守雞籠，在此敝人先表示敬意。」他再回過頭來對著我說：「小兄弟就暫且跟著我們前往木寨吧！在下必然全力予以協助，畢竟曜石也是由於我們的疏失才會落入獠族手中。」

前往木寨的路上夜幕已悄然落下，鹿民幫我們準備了兩頭水鹿，再由東印度公司的衛兵拉著韁繩緊跟於強壩後方。仰望樹林間的天空，儘管三百年後的台北很難見到如此繁星點點，但頂頭的新月竟如同當初在木柵街頭那般皎潔。那夜是自己最後一次看到忠順學長，之後我們就開始在不同的時間軸上奔跑，而我卻無時無刻都能感受到他的存在。

不久之後樹林間飄起了細雨，南面的天際線上同時傳來沉悶的雷聲。

「要是山上下了大雨，將會導致下游溪水暴漲，屆時須待大水退去才能渡河，今晚怕是到不了木寨了。」佐治說。

「要是溪水一直沒有消退呢？」

「洪水每到了低窪處總能找到自己的出路，這一帶的河床很淺，溢出的積水通常會在日出之後被豔陽蒸乾。」

夜晚，眾人在河畔燃起了篝火。

翌日正午增援軍開始動身了，昨晚有斥侯冒險過河打探，今晨回報，獠族已在木寨東方不到十里的叢林中集結，隨時有可能突襲鹿王鎮守的木寨，命我方疾行支援。強壩率領著先鋒部隊過了河，當然也包括他自己的備用坐騎。怎料眾人一上岸便發現前方的樹林內有獠族出沒，並可從大片搖晃的葉浪推估敵人為數不少，應該不只是偵查兵。然而強壩卻二話不說，隨即拉著備用坐騎隻身衝入森林，先鋒部隊也趕忙隨行護駕。

「魯莽！真是太魯莽了！」佐治轉身對著留在此岸的戰士發號施令，要大夥兒馬上渡河。

「對方有火器嗎？」我問他。

「沒有。但即使是簡單的竹弓，也足以埋伏在樹叢間將強壩射成蜂窩。」

「這些戰士會聽你的話嗎？」

「他們之中有不少人參加過公司的傭兵部隊，現下群龍無首，理當接受號令。」

接著前方的樹叢又有了動靜，佐治立即要求站在河中央的前排將士趕緊填充火藥，槍口就瞄準著林間的陰暗處。結果是強壩率眾現於林外，備用坐騎上還捆著一名獠族戰士，佐治遂命令眾人將槍口放下。好險只是虛驚一場。

烈陽高掛在木寨上空，這裡與其說是城寨，倒比較像是拒馬環繞的農地。一圈之內還有一圈，中心才是由兩米高的木欄圍成的營地，裡頭設有鹿王居住的大帳，以及四個存放火藥的儲倉。

我們在大帳內等候鹿王訊問被擒獲的獠族戰士。司呇薩果然是位年輕漂亮的女生，稚氣的額頭頗有拉丁美洲人的神韻，深色獸皮衣下的胸脯和臀部圓翹豐滿，古銅色的皮膚更散發出了少女的光澤，身型比起一般鹿民要高上許多，但還是不及佐治的肩膀。

她起身走向被綑綁的獠族戰士，一面問話，一面用皮鞭使勁地抽打。經過俘虜一次又一次的求饒，司呇薩總算對於他口中的訊息感到滿意，其間佐治和強壩皆沉默不語，任由那人被打得皮開肉綻。

我小聲地對佐治說：「誰敢娶這種女生。」

「想娶妳還娶不到，你必須嫁給她。我這麼說沒錯吧？漢語中的娶和嫁是有區別的。」

「但他們又不是漢人，怎會有娶嫁之別？」

「你聽過有人能娶一國之君嗎？」他的話頗有道理。

「我們現在可以去見忠順學長了嗎？」

見他眉頭深鎖，本以為自己的請求是不被允許的。「你說的是陳忠順嗎？『學長』應當是一種官銜吧？」

「那只是本人對他的一種敬稱，沒什麼大不了。」

「這樣呀！且稍等片刻，待我向鹿王請示。」

俘虜一被拖出帳外，佐治便開口向鹿王請示，過程中強壩多次插嘴，兩人遂爭執不下。最後鹿將軍怒氣沖沖地走出帳外，此刻驚覺司呇薩正瞪大眼睛看著我。

「鹿王問你可有妻妾？」佐治說。

「我？為什麼要這樣問？」

「甭擔心，沒別的意思。你老實說就好了。」

「現在沒有。但是我已經有喜歡的人了！」

佐治回頭向司沓薩轉達了自己的意思，隨後就帶著我走出帳外。

「司沓薩想對我怎麼樣？還有強壩為何要生氣？」

「在這種地方不要直呼鹿王名諱！」他又隨即按捺住語氣，「簡單來說，鹿王想要你住進她的大帳，但是強壩不贊成。與鹿王共處的男人必為處子，所以剛剛才問你有沒有妻妾。且別著急，我最後沒有答應她。」

這時站在帳外的強壩叫住了佐治，但他也沒有多說什麼就放我們走了，眼神竟充滿著鄙視。佐治則無奈地說：「強壩也想邀我們到他的帳中休息。」

「為什麼大家都要逼我們住進他們的帳篷呢？」

「物以稀為貴囉！藉此襯托自己的身分！」

「所以你也拒絕他囉？」

「是呀！最後他還咒罵，死人才會住在地下。」

「那又是什麼意思？」

「因為我們現在要去的地方即為營寨的東部前線，也就是陳忠順和蘇莫挖掘的土溝。還有一件事情忘了跟你說，聽方才那名俘虜招供，獠族明日清晨就會……」他話還沒講完，遠方就傳來重型機槍連續擊發的聲響，「糟了！莫非是個幌子，獠族已經提早打來了！東西先備上，我們快到前面去看看。」

背起裝有彈藥的麻布袋，我一面慌忙地裝好彈匣。說實在的，即便經過誠衛哥的當面演示，我仍然沒有信心能駕馭好狙擊槍。佐治跑得很快，我完全跟不上，此時鹿民也開始傾巢而出，全都朝著東部前線狂奔。

揹著沉重的狙擊槍和彈藥在飛揚的塵土中狂奔，總算看見一處開口向內的ㄇ字型壕溝，溝道外圍的上方築滿一整排的木製擋箭牌，由背向一側可見上頭插滿了敵方箭矢。隨後發現佐治走下右側的土溝，我遂急忙跟上前去，繞過轉角來到正面的狹長通道，從遠處就看見忠順學長架上重型機槍正對著前方的樹叢掃射，急促的擊發聲如雷貫耳。

他的頭髮長了，髻在頭頂儼然像個鹿民戰士，我興奮地大喊：「學長！」

學長轉頭看了我一眼，儘管只是兩秒的停頓，我也能感受得到他內心的驚喜，但由於大批獠族已現身於林外，他又立刻別過頭去專心瞄準敵方。

「敵人的數量多嗎？」佐治挨在槍眼旁觀察局勢。

學長叫道：「不要抬頭，危險！」此時一道飛矢射穿了擋箭牌，插入後方的土壁上，「李毅任！你揹這麼大一把槍有個屁用！一次也只能解決一個。包包裡有手榴彈吧？先備著，他們光是聽到爆炸聲就嚇得屁滾尿流了！」

來到前線的鹿民不願進入壕溝，他們熟練地將火繩槍架在看似拒馬的木樁上射擊，提供了有效的火力支援。然而敵人不間斷地自樹叢湧現，再上獠族的腳程幾乎如同馬匹一般迅速，兵線很快就壓至不到百米處。

「手榴彈拿來！」忠順學長放下過熱的機槍，抓起袋中的手榴彈毫不猶豫地往前投擲。

「你不是沒當過兵嗎？」

「身經百戰，早就上手了！」

「學長你究竟帶了多少東西？還有，這麼大挺的機槍是怎麼搬過來的？」

「它不就活生生地在你面前嗎？幹麼不相信！本來這些武器都被那些白癡鹿民給拖走了，差點落入敵人手中，好在他們完全不懂，當垃圾給丟了！」

不到半個時辰，局勢已悄然轉變。獠族戰士誠然英勇，卻也被震耳欲聾的爆炸聲嚇得膽顫魂飛，開始往反方向撤退。

陳忠順起身爬出壕溝，站上前方的土丘高聲一呼，鹿民遂紛紛放下火器，抽出短刀追擊敵人。這時右前方的草叢裡突然冒出一隊水鹿騎兵，瞬間切斷敵人的撤退路徑，領頭的人就是扛著偃月刀的蘇莫，她隻身殺入慌亂的敵陣橫掃千軍，不一會兒的功夫就徹底瓦解了獠族的陣線。

黃昏時分，清理戰場的部隊已陸續歸營，忠順學長正放鬆地躺在稻梗上抽菸管，此時嬌小的蘇莫提著大刀從遠處走來。「你膽敢鬆懈！這勢必是個幌子，敵人夜裡還會再來的！」

佐治也贊同道：「我和蘇姑娘想得一樣，大白天裡，鹿民的火繩槍架在木樁上或許可以輕易地瞄準敵人，但天黑之後火器即會喪失優勢。」

忠順學長仍舊沒有回答。

「沒見到剛才哪些都是老弱殘兵嘛！只管抽你的鴉片吧！我看你也就只有這點本事！」看來蘇莫和學長的關係即便到了遙遠的清代也沒有絲毫改變，忠順學長始終漫不經心，完全沒有將蘇莫的話放在耳邊。

「我去提醒強壩讓他們先做準備，這裡交給你們了。」佐治講完便爬出了壕溝，蘇莫則是氣急敗壞地將大刀插入土中，哼了一聲也轉身離開了。

我問他：「學長，你這樣……沒關係嗎？」

「擔心什麼！這裡是我的地盤。你知道嗎？我觀察這裡的地形很久了，戰壕的位置剛好就在我家附近。

況且打從回台灣以來我就不曾吃過敗仗，別害怕那群野蠻人。還有，你的袋子裡根本沒有狙擊槍的子彈呀！扔了吧。」

「那麼學長，還有件事情我想要釐清一下。」

「什麼鬼？快點說！不要扭扭捏捏。」

「為什麼你會來台灣呢？不是說好東西要藏在沖繩嗎？」

「那你又為什麼會在這？」我一時啞口無言。他又接著說：「世事難料呀！我們恰巧遇上琉球革命軍的起義，連當地的石獅會都成為被肅清的對象，只能暫時逃到這兒來了。要是所有事情都能按照原定計畫走，又怎會輪到我們這種外行人來打仗呢？不要被他們影響了，放輕鬆點，事情該怎麼做就怎麼做！」完全不明白他為何依然如此自負，或許是穿越時空的衝擊讓他選擇忘卻了煩惱，以至於荒唐度日。

「你還記得我們的使命嗎？」我擔心地看著他，期盼能聽到想要的答覆。

他忽然誠懇地看著我說：「當然知道！不要把我當作喪失心智的人，我非常清楚自己在做什麼。」

那時起我才明白，學長其實也被眼下的重擔壓得喘不過氣，只是不願露出內心的焦慮罷了。他在夕陽下頻頻吐出白煙，卻吐不出思鄉的憂愁，而家就在眼前，卻可能再也回不去了。

最初鹿民拓墾這一帶河谷，是為了替過度耕作的農地尋找出路，由於草山盆地不時地氾濫成災，往往形成孤島，使得低窪地區的大片平原不適耕作，此處近山的緩坡遂成了絕佳的地點。儘管木寨屢遭獠族侵犯，但在糧食與威脅的權衡之下，最終的選擇可想而知。然而如今東寧勢力北上，這才讓司岧薩毅然決然地放棄木寨，但在那之前她還有一件事情必須做，就是要為姊姊托部報仇。

佐治和我點了一盞油燈走在田壟間，他跟我講了許多鹿民的現況。「獠族就要發動總攻擊了，獠王必定身先士卒，你們或許有機會藉此奪回玉石。遽聞鹿王想生擒鬼面七鯨，千刀萬剮讓他失血至死，以祭托部在天之靈。」

「狄蒙先生，你知道蘇莫去哪了嗎？」

「強壩似乎安排了任務給她，今晚戰事由強壩主導，我們只要跟著鹿王的衛隊行動就好了。」

「不必通知忠順學長嗎？」

「他應該早就在大帳前等候動兵，等一下鹿民會將昨夜暴漲的溪水引入寨中。所有土溝，包含我們左右兩側的農田都會被淹沒。」

「為什麼要這樣做呢？」

「再強的火線也擋不住獠族的主力部隊，強霸想在溼地中和敵人打游擊戰，儘管對方腳程飛快，到了泥地亦是舉步維艱。我們只要佯裝撤退、引敵入寨，屆時便可甕中捉鱉。」

「那麼此戰打完了，鹿民就會放棄所有田地退回鹿谷嗎？」

「他們說山頭的對面有片沃土，只要渡海繞過東北角，不出一夜便可抵達。」

「是蘭陽平原呀……」佐治似乎沒聽見我的嘀咕。

「總之今晚的首要任務就是要擊潰獠族，往後在新的圈地上才不會再遭受威脅。」

忽然一陣強風襲來，打滅了佐治手裡的油燈。我看著他的眼睛問道：「狄蒙先生見識淵博，精通四方語言，甚至會說獠族人的話，想必也聽過不少鬼怪傳說，請問您知道飛天蛇人的事嗎？」

「你的問題可真多了。唷！我這並非感到困擾的意思，只是覺得你身上有某種特質，能夠引導別人說出自己想知道的訊息，就像是一種催眠作用吧！但我這麼說好了，那只是在獠族神話裡會飛的怪物。」
「神話呀！所以不是真的囉？」
「我沒有親眼見過，但從最近擒獲的獠族戰士口中，倒是聽了不少有關飛蛇的傳聞，他們都說族人之所以會離開森林來到西部平原，就是由於東部海域有妖怪出沒。據說飛蛇所經之處草木都將枯死，土壤也會開始飄散劇毒。但這些也都只是聽說而已。」
霎時東方有號角響起！戰士們遂駕著梅花鹿趕往前線，除了火繩槍之外，似乎也都帶上了弓箭和火炬作誘敵之用。
「該走了！我們快回到大帳吧！」

鹿王的帳前已佈署好長約半里的木樁陣線，共有三排火繩槍兵，看來鹿民打算於此決一死戰。陣線前方尚未插秧的田地中注滿了水，形成一道很淺的溝渠，水面上佈署了舉起長矛的戰士，高度恰巧能避開我方彈道。
隨後出發誘敵的鹿民火炬逐漸靠近，緊接著是獠人的叫囂聲，鹿民騎兵沿著田壟回到大帳，不時轉身朝敵方射出帶有火光的箭矢。司砦薩舉起火繩槍要鹿民預備射擊，當黑影慢慢現於迷霧之中，她率先開了第一槍，戰士們也接連擊發，經過三排火繩槍的輪替射擊，敵人的箭矢也終於來到跟前，當下有不少獠族先鋒跌落水溝被朝向天空的長毛刺死。
「他們是不是太早開槍了？」
「不會，那只是想削弱對方士氣。我們再往後站一點吧。」

佐治話一講完，逐漸逼近的敵人腳下瞬間產生連環爆炸，水溝中的鹿民及時潛入水底躲避燃焰，部分架在營地裡的木樁著火了，好讓我看清楚敵人臉上的恐懼，被困在泥沼中的獠族戰士即便保有鬥志，也是強弩之末了。

之後，一陣排開的鹿民戰士雙手緊握著長矛爬上溝渠，步步向前邁進將敵人刺倒在地。營地兩側也頓時冒出蘇莫和強壩的伏兵，短兵相接之下，慌張的敵人開始四處逃竄，卻終究躲不過我方的天羅地網。

佐治鬆了口氣說：「結束了，等好消息吧。」

「對了！忠順學長呢？」

「方才所見的陷阱即為他的傑作，剛才帶你到田裡就是在巡視火藥的佈署。他應該早就躲在暗處，等待著時機點燃引線，也好在土壤中的濕氣沒有阻礙本次行動。」

儘管如此，最後他們並沒有在戰場上活捉鬼面七䳍，連疑似的屍首都沒有發現，曜石當然也就毫無下落。然而他們抓到了一名叫作戎巴的男人，應該就是率領這場夜襲的獠族領袖。

戎巴被戰士們壓到鹿王跟前，忠順學長和強壩也都返回了大帳。然而這位態度強硬的男人始終不願配合，司呇薩問了他十句話，他竟連一句也不肯回答，沉悶的嘀咕聲聽來多半像在咒罵。於是司呇薩惱怒地舉起皮鞭，一旁押解戎巴的鹿民戰士見狀皆嚇得走避，居然給了他機會拾起地上的半截刀刃朝司呇薩刺了過去，就在這千鈞一髮之際，忠順學長立刻抽槍打掉戎巴手中的武器，好讓戰士再度上前將他綑綁。

最後司呇薩放棄從他的嘴裡問出任何訊息，遂命人將他活埋。

「那個戎巴地位僅次於鬼面七䳍，這波攻擊絕非愚昧的衝動，勢必抱著戰勝的決心。」佐治語帶肯定地說。

「既然如此，那麼獠王人呢？」

「已經搜索過木寨周邊的林地，並沒有發現逃走的足跡，獠軍不是死於戰場就是被俘虜。可以確信的是，獠王並沒有參與這波夜襲。」

司峇薩離開時留下了三成的兵力，本以為這是對於救命之恩所作的回報，之後才得知兵權實際操控在強壩手裡，以便繼續追擊獠族餘部。往後只要跟著鹿民一起行動，再加上佐治手邊可差遣的二十餘名東印度公司的精兵，至少學長和蘇莫未來不必孤軍作戰了。

深夜，河谷下起了傾盆大雨，泡在泥沼多時的樁腳逐漸飄散腐敗的氣味，戰士們依舊將稻梗鋪在樁上遮雨休息。

我和學長、蘇莫以及佐治在大帳中商討對策，雨水如同彈珠滴落帳面，我們必須放大聲量交談。

蘇莫指著攤開的地圖說：「我們什麼時候進入林地？」

「天一亮就走。」佐治望著帳外的黑幕說。

蘇莫依然盯著桌面，「我不認為該如此倉促，歷經一夜戰事，應當待強壩重新整軍之後再行動。」地圖上沒有等高線，僅用簡單的圖示標明山巒和樹林的位置，河流則是以單調的曲線表示，但地域和方位都畫得相當精確，看來是學長憑著記憶所繪。

佐治將門簾放下，「關於這點，或許我們都沒有說話的分量，」他轉身看著我們，「木寨已積水多日，不久後將孳生蚊蚋。況且堅甲利兵的東寧軍隨時可能經過此處，營地的陣線對其毫無抵抗，叢林的自然屏障反倒可以削弱他們進軍的意志。估計強壩明日即會動身。」
「鹿王呢？他們也會避開東寧的勢力嗎？」我問他。
「遽聞鹿谷的族人都會全數撤離，一同東渡，屆時東印度公司少了鹿民的緩衝，將會直接面臨東寧的威脅。」
「我們該回去幫誠衛哥嗎？」
「當務之急應當乘勝追擊鬼面七黥，要是他把曜石帶入高山地帶，將對我方大為不利。」
滂沱的雨水使得我聽不清楚討論的聲音，猜想即便此刻東寧軍已現身於寨外，亦無法輕易察覺。
忠順學長取出一枚吊飾放在桌上，「鹿王訊問戎巴的時候，他頸部的吊飾在我眼前一掃而過。剛才去將屍首挖了出來，在脖子上找到了這個。」
我驚呼道：「這是蛇的舌頭嘛！」
佐治拿起吊飾在燭火旁仔細研究，「沒錯，通常只有巨蟒才會有如此大的舌根。獠族有將敵人遺骨別在身上的習慣，這必定是從敵人身上割下來的東西。」
「飛天蛇人？」
「我自然不希望世界上當真存在此類妖物，但東行之前總是必須多加警惕。」
蘇莫嘆口氣說：「瞭解了，但尚未親眼看見，也不知該如何防範。」
「也只能先做好心理準備了……」
「廢話這麼多，完全沒有建設性。」疲憊的學長已耐不住性子在帳中晃來晃去。
「你倒是講一些有建設性的東西呀！看你這兒死性不改，遲早要死在泥沼之中。」

「要死也不會比妳那種不要命的打法死得快，別老自以為天下無雙。早點睡覺，要比在這邊煩惱那些有的沒有的還實際！」

他的最後一句抱怨反倒打醒了眾人，大夥兒對此並無異議，久經戰事的木寨遂也在跨越半個星空的月色下走入夢鄉。

第九章

清晨時分，一股白茫茫的濃霧從森林裡流了出來，四下能見度很低，但鹿民們還是趕在午時進軍山林。我騎著水鹿讓哈內坐在後頭，一路走過腳下大片展開的蕨類植被，儘管透過枝葉的縫隙能窺見外頭艷陽高照，但水氣瀰漫的叢林仍猶如破曉時分。偶爾有藤蔓搭上戰士的肩膀，甚至纏住他們的裝備，彷彿細長的手臂垂掛在幽黯的林間，叫人不寒而慄。

「我聽說，你們想找的石頭，是要用來消滅一種叫『瓏』的怪物，」哈內所學的英語中似乎沒有『Dragon』這個詞彙，過了一會兒我才理解他指是龍，「就是一種會飛，還會製造火焰的怪物呀！」

「誰告訴你的？」

「當然是陳忠順呀！蘇莫那麼兇，我才不敢跟她講話。」除了暗自竊笑，我並未表示任何意見。「而且我還聽說，你們都是從另一個世界來的人，否則也不會有那些強大的火器。我很羨慕你們。」

「其實我和你一樣都出生在這片土地上，獠族也是。」

「但獠族不是人類，我想你應該能區分人與野獸的差異吧？我想講的是睡覺這件事情，你應該懂的，指的就是男人和女人之間的睡覺。就我們鹿民而言，一個女人可以跟很多屬於自己的男人睡覺，但若你和別家的男人睡覺便會受到懲罰。我們這點或許和你們有所不同，我知道你們的狀況在性別上似乎是相反的，但就某種觀點而言仍然相當類似。獠族就完全不一樣了！他們是追著獵物奔跑的野獸，男人和女人隨時可以跟任何異性睡覺，也就是說他們不需要結婚。我還聽說只有獠王才被禁止和獠后以外的女人睡覺，好像是出於什麼血液純潔的道理……」

真想不到自己必須和一位未成年的孩子討論性的話題。「這我倒是頭一次聽說，但我認為那很自然。正如你所講的，獠族是追著獵物而生，所以不會有財產的概念，同時他們也必須面對不穩定的糧食來源，幼兒要在這種環境下成長並非簡單之事。大家一起睡覺，應該是為了確保族人能夠大量繁衍。」哈內不斷重複唸著『Culture』、『Belongings』、『Concept』等字眼，看來佐治並沒有教他那些單字。「總而言之，在這世界上有很多不同的人，他們都是以自己的方式努力地生存著，你必須尊重所有的人。」

「尊重？我甚至不瞭解那是什麼意思呀！」

「就是贊同別人的存在，而不只是討厭與自己不同的觀念。」

哈內繼續思索著那些他難以理解的詞彙，但我總覺得這不只是言語上的隔閡，要一個孩子領悟如此複雜的道理，實在不簡單。

天氣變得更加炎熱了，植物蒸散的水份加上悶在樹頂的熱氣，使得周遭好似進入桑拿間一般令人窒息。我不明白強壩的目的地何在，只是跟著忠順學長的坐騎慢慢前進，甚至無法感受鹿兒腳底踩的究竟是上坡還是下坡，在茫茫的原始森林中行走，眾人形同綠色布幕上隨機移動的黑塊，看不清方位，也逐漸忘了時間，直到聽見有人高聲一呼，眾人才頓時停下腳步。

佐治駕著水鹿從遠方騎過來，「發現獠族的蹤跡了！剛剛才離開的，肯定是獠王的部隊。」

蘇莫問他：「能知道去向嗎？」

「可以，但強壩決定先紮營觀察，日落之後再動身。」

「他傻了嗎？深陷樹叢已對我軍不利，還要等到日落才追擊，更是助長敵人優勢。」

「獠族晝伏夜出、穿林如箭，即便現在上前追擊，也未必能在黃昏之前趕上，要是我們夜裡疾行，剛好可以在明日清晨追上，屆時他們入睡已久，正是我軍進攻的好時機。」

忠順學長忽然跳下水鹿往叢林深處走去。

「陳忠順！你要去哪？」蘇莫想叫住他

「我去尿尿，」學長並沒有放慢腳步，轉頭大聲喊道：「佐治是對的，我們要相信鹿民的判斷。」

大夥兒都放下裝備就地歇息，只有蘇莫還怒氣沖沖地用磨刀石整理她的兵器。正當我幫鹿兒卸下裝有彈藥的麻布袋時，哈內又活潑亂跳地來到身旁。

「你剛剛還沒告訴我關於龍的事情！」

我無奈地看著他說：「龍有兩隻強壯的腳、兩隻手，還有一對翅膀。」

「那跟飛蛇有什麼兩樣！」

「飛蛇！你見過飛蛇？」

「看過呀！兩年前我從琉球坐船來到雞籠，就在海面上看見飛蛇，雖然距離很遠，看得不是很清楚，但我想除了蛇首和一對翅膀之外，飛蛇和人類大體相去不遠，當然牠們並不像我們一樣會穿衣服。」

佐治走過來吐了一口痰，「胡扯！」他換了漢語說道：「你不要成天聽那小子胡謅，他算自小沒了爹娘，又受到族人排擠，難免會說些假話引人耳目。」

「但我覺得他講的好像是真的。」

「那好吧！你信也好，不信也罷，至少能幫他多練習一點英語。之後我帶他回歐洲也比較好生活。」

「狄蒙先生，你要帶他去歐洲？」

「老實說吧！鹿王已經將他用兩擔白米賣給我了，其實對他而言鹿谷也不算是故鄉。跟我回去肯定要比待在這兒好上許多。」佐治所言不無道理。

然而就在此時，學長剛才離開的方向傳來一陣騷動，恰似有人正快步撥開樹枝往此處靠近，果不其然，馬上見他慌張地從草叢中跌了出來。「大家小心！有怪物！」

一頭怪物猛然從學長頭上的灌木堆探出頭，搖擺的蛇首帶著高頻嘶吼，使得眾人驚恐退避，唯有蘇莫面無懼色地舉起剛磨亮的大刀挺身而起。

佐治趕緊命令衛兵舉槍射擊，然而蛇怪似乎不畏懼火器，身中數彈後就直接從學長的上方跳過，露出牠那帶有翅膀的身軀。

哈內驚呼：「那就是飛天蛇人！」怪物足有兩米高，與其說是飛天蛇人，反倒像是長了翅膀的恐龍！牠躍上前咬住一名士兵的脖子，士兵在慘叫聲中被甩得身首異處，其餘人等立即拔出軍刀，卻被牠一個甩尾給橫掃在地。此時蘇莫來回旋轉著偃月刀，吸引蛇怪的目光，接著用刀身指著蛇怪，與其繞圈對峙。

學長連忙爬到麻布袋旁尋找霰彈槍，然而子彈在我身上，我遂壓低姿態避免驚動蛇怪，小心地將彈藥拋了過去。學長臉上的汗珠已結成綠豆般的大小。

「陳忠順，射牠的眼睛。」蘇莫冷靜地說。不料蛇怪被霰彈槍上膛的聲音所驚動，她趕緊將刀面轉向，試圖幫學長引開蛇怪的注意。蛇怪退了一步，並朝前對著蘇莫吼叫，噴出的口水打在她臉上形成數團噁心的膠體。學長馬上扳機一扣，轟的一聲擊中蛇怪的左臉，隨後牠開始憤怒地四處猛咬，好在都被兩人給躲過。

蘇莫試圖繞到牠失去視力的左側，但瘋狂的蛇怪持續攻擊周遭的士兵，其間撞斷了不少樹幹。她趁勢用大刀的尾端朝牠的肚子猛力一槌，使得蛇怪失去重心而不支倒地，蘇莫又立即舉起刀面朝牠的脖子揮去，一道深綠色的血水潑灑在一旁的枝幹上，融化了樹葉，更讓底層的樹皮徹底白化，野草也漸漸枯死了。

望著學長腳掌前的蛇首，我終於鬆了一口氣，但此刻前方又陸續傳出慘叫！

「不只一隻。怪物不只一隻！」

佐治再次命令士兵填裝火藥，學長也取出隨身的手槍往我拋了過來，然而四下卻頓時安靜地只聽得見穿林的風聲。正當我尋著風中的低吼，試圖辨認可疑的動靜，一隻蛇怪忽然穿破樹頂從天而降，將士兵咬起拋向天際，而另一隻飛過上方的蛇怪又一嘴將士兵叼走，並灑下一地的內臟。

佐治舉起手銃射擊蛇怪的頭部，其餘的士兵也接連開槍，那頭蛇怪面部中彈後便張口發瘋似地亂咬，但只咬到了樹幹就被蘇莫的大刀斬下頭顱。

正當大夥兒再度回神之際，森林中竟又冒出數頭蛇怪，有的打樹叢間竄出，有的由枝頭飛下。慌亂的槍聲此起彼落，同時伴隨著撕裂的尖叫。

我們趕緊跟著佐治圍成一圈，士兵們也都丟掉了火繩槍，紛紛拔起軍刀指著前方，如同刺蝟般想嚇阻一隻隻逼近的蛇怪，然而牠們的數量實在太多了，不一會兒就將我們團團包圍。

「我們要死在這兒了……」佐治顫抖著刀刃說道。

「肯定會有辦法，不要輕舉妄動。」如此緊張的時刻，學長反倒表現地從容不迫。如今即便是充滿殺氣的蘇莫也都汗流滿面。

突然有口哨聲從樹梢飛過，引起了蛇怪的注意，我看見哈內抓著藤蔓往遠方盪去，蛇怪們也一同追了上去。

「那個孩子想幹麼？」

蘇莫大喊：「我去救他，你們不要動！」

學長則怒斥道：「說什麼傻話！不要太白目！妳打不過牠們的。」

蘇莫先是鄙視地望著學長，「你又行了……」，隨後隻身消失在樹叢之中。

「幹！真是一個白癡女人。李毅任！快走呀。」他示意要我跟上。

我們追著在樹林間穿梭的哈內，蛇怪每每縱身一躍，都差點咬到他的腳跟，但哈內熟練地將自己的身軀維持在一定的高度，巧妙地閃過一次又一次地攻擊。

「又一個白癡……這裡的人腦袋都不知道裝什麼大便！」

哈內經過的路上有不少鹿民戰士，大夥兒見狀皆慌張閃避，唯有蘇莫仍然緊追在後。

然而就在前方一片寸草不生的土丘，哈內失手摔落在地，滾得一身爛泥，但泥巴似乎沒有蓋過他身上的氣味，蛇怪緊接著就來到了他的面前。

「糟了！快點阻止那個婆娘，她會撲上去的！」學長縱身一躍抱住蘇莫，將她握住偃月刀的右手按在地上。

「陳忠順，你想幹麼！」

「不要動！妳救不了他的。」他衝動地壓著對方大喊。

蛇怪一步步地逼近哈內，無比的失落感頓時湧上心頭，手上的槍也悄然落入了泥沼。

趕來的佐治大聲叫道：「救救那個孩子吧！」

學長轉頭看著他說：「對不起……已經沒有辦法了。」

不知道是不是一時的錯覺，我發現哈內恐懼的臉龐戴有一對鮮紅的雙眼，我曾聽說人在憤怒或者焦慮時微血管會爆裂，但在他的眼白處彷彿透著紅色光芒，完全不像自然的生理反應。

蛇怪們蠢蠢欲動，一口就能將哈內撕成碎片，此時右側的陰暗樹林忽然淡入光火，一位騎著巨大水牛的女人驀然現身於草叢間，她高舉著火炬嘴裡唸唸有詞，雖然能依稀辨識那是鹿民的語言，卻無法理解其中涵義。她從懷裡取出閃閃發光的石頭，蛇怪們居然因此躲避。

「那是曜石！」

隨後蛇怪一個接著一個飛向天際，留下茫然的眾人呆立在婆娑的葉浪中。

哈內抬起頭望著女人，似乎正期待對方能開口說些什麼，但她立刻閉起眼睛轉身離去了，失去光火的森林一時黯淡了下來，徒留蕭瑟的冷風在林間穿梭。

夜裡鹿民在森林四處燃放艾草燻蚊，似乎也認為濃煙能夠驅趕蛇怪。

即便經過傍晚的挫敗，強壩依舊不願放棄追擊獠族，決定先休息一晚，明日再啟程。然而這些都不是最令人愕然的事，當我們得知強霸居然將哈內綁起來吊掛在樹上時，佐治那難以置信的眼神才真正令人擔憂，就此明白事情完全不在他掌握之中了。

忠順學長用短刀翻動篝火中燒得暗紅的炭塊，火花隨著白煙飄昇樹頂，消失在燦爛的星空。「佐治已經去找他們理論了，畢竟哈內現在也算是他的財產，不是任由強壩想怎樣就能怎樣。那個拿火把的女人應該就是托部，鹿民說他們不會看錯的，她所騎的水牛據說是鬼面七黥的坐騎，我看托部應該和獠族脫不了關係。」

睡到半夜我被夜鷹的叫聲吵醒了，望著餘燼中的細小煙絲，發現佐治正從遠方緩步走來。此時學長和蘇莫已沉入深深的夢境。

「救不了他了……」佐治沮喪地說。

「明天我和學長去幫忙求情吧！」

「不只是那個孩子的問題。」

「既然不是他的問題，就不應該像犯人一樣對待他。」

「但你也見到了，那就是托部。哈內很有可能就是獠族血親，強壩就是咬著這兒事不放人。他本是生下來就該投入大海的孩子，我身為外族人，說話沒有份量……」

「但也不能就此亂下定論！托部在消失之前就產下哈內了不是嗎？怎麼能因為一頭水牛就懷疑她和獠族有所勾結。」

「要知道，只有獠族在叢林獸化之時，才能如飛箭穿林。哈內那對發紅的雙眼即是獸化的證據。我早該猜到他為何總喜好在樹梢擺盪。」

「這都是強壩想趁機除掉哈內的藉口，要是鹿王在這兒，怎能由得他為所欲為！」

「事到如今也無可奈何，」佐治再度長嘆，「與其著眼於獠族的恩怨，倒不如多為白日所見妖物煩心，但那位鹿將軍早已為了權力喪失心智。我說不過他。」

隔日清晨，東印度公司的士兵慌忙地喚醒大家，鹿民早趁著我們熟睡之時動身了。

「好在後勤部隊才要離開，趕快跟上吧！」佐治和我都是夜入三更才入睡，但他現在看起來相當有精神，已經率先收拾好裝備了。

「這幫人真靠不住。」蘇莫勉強睜開雙眼望著前方，學長倒是睡眼惺忪，好像還沒搞清楚狀況。

「小姑娘，抱怨也沒用。我讓後勤部隊幫妳把大刀放上糧車吧！那看起來挺重的。」

「沒事兒，這些人靠不住，我自個兒拿著唄。」這才說完，學長忽然快步從她身後走過，並一把取走大刀，往前踉蹌地跑了一小段路，便直接將刀丟上糧車。「我都說不用了，你這人可真多事兒！」

忠順學長順手抓下一塊乾芋丟向蘇莫，「別吵了！快吃！等一下還有很多路要走。」他也朝著佐治和我拋來乾糧。而負責運糧的鹿民們則是繼續趕路，全然忽視我們的存在。

途中，佐治靠過來輕聲問道：「他們倆是在一塊的吧？」

「唔？什麼意思？」

「我指的是，他們是夫妻吧？」

走在前方的學長頭也沒回地大聲喊道：「佐治，我聽得到唷！」登時蘇莫愈走愈快，彷彿不願聽見我們的對談。

佐治卻也不以為意地繼續追問：「我講得對吧？」

「其實我也不知道該怎麼回答。」

「我會如此猜測是有原因的，這麼說好了，早在帶你來鹿民這兒之前，我就曾在木寨和他們相處過一段日子……」他接著講起學長剛來到鯤鯓的故事。

司峇薩是一位任性的君王，當初在眾人的極力反對下，她依然堅持迎娶陳忠順這名外族人。原先學長表示自己已非處子之身，想藉故躲避鹿王的蠻橫要求，卻被女巫給識破謊言。儘管佐治請求北荷蘭城居中協調，何曼德彼特卻不願因此得罪鹿民，遂任由司峇薩展開為期十日的祈福儀式，為迎娶做準備。

不過那時最深感絕望的並非當事人，而是蘇莫，她在儀式開始的第五天便隻身奔入林中，前線的哨兵察覺了隨即通報，鹿王馬上命人封鎖木寨邊界，目的是想阻止陳忠順進入森林，同時也沒有要派人搜索蘇莫的意思。

然而誰又能擋得住握有先進火器的陳忠順呢？他在蘇莫失蹤的當日下午就闖入了林地，但司峇薩仍舊沒有讓戰士進去找人。所幸過了一夜，倆人便一同從樹叢中走了出來。

一對男女在星辰閃爍的森林中會發生什麼事是可想而知的，從那刻起司峇薩就徹底打消了迎娶的念頭。猜想他們肯定是窩在草堆上渡過了一場美妙的夜晚，我彷彿還看得見依偎在學長懷裡的蘇莫，她痴痴地望著滿天星月，指尖在對方胸口留下稚氣的依賴。頓時我竟感到一股揪心的忌妒。

森林是充滿魔力的地方，如今沐浴在綠色的霧氣中，看著穿透枝葉的陽光在眾人身上破裂成千萬塊碎片，自己就好似走入了造物主最初的淨土，呼吸著空氣裡最單純的生命力。直到一場雷雨驟降，才又喚醒我沉睡已久的感知。

「幹！怎麼一直下雨？」學長一如往常地抱怨道。

「等一下，隊伍好像停了。我先去前面了解狀況，你們姑且待在原地吧！」話一講完，佐治就順著車隊跑向前方。

學長將裝備丟在一旁靠在樹幹上休息，蘇莫則是走過糧車取下她的大刀，並拿出磨刀石再度磨起雪亮的白刃。

不一會兒佐治回來了，他上氣不接下氣地說：「強壩要我們到左翼佈陣，獠族的蹤跡到了此處變得凌亂，先行的斥侯如今尚未回報，恐怕已遭遇不測，敵軍理當就在附近！」

「肯定是讓敵軍給發現了！就說這幫人靠不住，跟著他們只會往死路裡鑽。」蘇莫說話的同時，一旁的鹿民似乎已收到傳令開始動身了。

「先別說這個，快到左翼吧！」正當我們準備跟上佐治的腳步，凌亂箭矢倏然從天而降，身旁戰士的頭頂落下一支竹箭，瞬間擊穿了他的下巴，衛兵們遂開始胡亂朝叢林深處射擊。

「快找掩護！」學長頭頂著麻布袋衝了過來，「快趴下呀！不要站著！」

汗水自臉頰滑落，沾濕豎起毛髮的肌膚，然而周遭竟又忽然安靜地剩下雨滴落入葉面的聲響。早在天空轉陰之前就聽不見花草底層的蟲鳴，如今陰暗的林地醞釀起肅殺之氣，正緩步朝我們逼近。站在及腰的灌木叢，頓時興起陣陣寒意，腳底還感受得到些許生命正悄然於泥地裡爬行。

「他們走了嗎？怎麼會突然沒有動靜呢？」學長轉頭望著佐治，「有看到人影嗎？」

佐治搖了搖頭，「我不知道……先放低身軀吧！敵人或許會一股作氣攻上來，眼下草木皆兵、敵暗我明，只能盡量縮小守備範圍。」

眼前的杉木林沿著陡坡向上生長，彷彿一面即將倒下的綠牆形成巨大的壓迫感，如今敵人只須從上方一躍而下便可輕易斬落身旁將士的首級。衛兵們在叢林中彎身移動著步伐，無不聚精會神地觀察四方，葉片輕微的晃動都足以觸動敏感的神經，我試圖抬頭在繁密的林葉間搜索獠族的面孔，卻只看見自己內心最深層的恐懼。

大雨滴答作響，眾人緊靠著身子，槍口一致對外，雖然沒有目標可以瞄準，但隱約能察覺敵人正憎恨地瞪著我們。枝頭的鳥兒竟絲毫不受影響，仍舊在耳邊響起愉悅的歌聲。為何人總是在絕望之際才選擇去聆聽自然界最單純的美好呢？那可能是一種逃避的心態。也或許只有在臨死之前，人才會放下雜念去體會那些經不起慾望摧殘的靈性。

學長取出霰彈槍小心地填裝子彈，盡量不發出聲音，隨後他靠著我的肩膀輕聲問道：「你害怕嗎？」我屏住了氣息，「不會，事到如今也沒有選擇的餘地。只能專心找到敵人，一次把他打死。」真想不到自己還能講得如此肯定。

「算你有種，其實……我現在手在發抖。」

「沒關係，不要射到我就好了。」

「居然敢小看我！」

忽然一陣猿猴似的叫聲此起彼落降臨眼前，帶起了四下的騷動。

「那是獠族的聲音。」佐治將短銃架在反握著匕首的左腕，專注瞄準陰暗處。

學長則壓下我緊握槍托的臂膀，「槍口放低一點，現在愈認真瞄準空氣，等一下愈打不倒人。相信當下的直覺，看到東西再扣扳機。」

十分鐘過去了，雨不停地下，沖淡了戰士的鬥志，卻帶不走我內心的不安。

隨著雨勢漸大，叫囂聲也愈來愈接近，感覺他們就在眼前了。冷不防地一名雙眼泛紅的獠族從樹頂跳下，鹿民們開始胡亂開槍，卻還是讓那把番刀砍下了一名戰士的頭顱。

佐治跨步上前用匕首將敵人刺死，隨後大聲訓斥，提醒我軍不要自亂陣腳。

接著又是一波箭矢和著雨水從天而降，這次終於伴隨著傾巢而出的獠族。我望著大批敵人自林葉中現身，不知該對誰開槍，此刻學長大喊：「開槍就對了！」

轟——轟——轟——

第一波槍陣打下了不少敵人，但獠族仍不斷地湧現，如同滴落清水的黑墨在眼前暈染開來。就聲音推測，右翼也同時遭受到攻擊。

蘇莫揮舞著大刀，帶領左翼的鹿民與敵軍短兵相接，一眨眼的時間發現自己也深陷戰場。我摸著樹幹不停閃避番刀，其間發現彈匣已空的學長被逼到了一顆巨大的榕樹下，我立刻用最後一發子彈擊斃那名戰士，好讓學長有機會拔出短刀，竟未察覺身後又來了另一名獠族正揮刀砍向自己。好在佐治即時出現，他一個迴轉壓低身段，輕鬆將匕首插入那人的腹部，我趕緊趁機拾起番刀與佐治並肩作戰。

「我聽到強壩的號令了！軍隊要順著右翼的方向撤退。」佐治高聲大喊命令眾人撤退，戰士們反而不聽號令，一哄而散。危急之下我們趕忙奔向右翼，霎時發現逃跑的身影中有人被高高懸掛在樹上。

忠順學長大喊：「是哈內！」

「我先擋著！快去解開繩子。」蘇莫想一夫當關阻擋敵人。

學長用剩餘的子彈試圖打斷麻繩，但哈內不斷在暴雨中扭動身軀，根本沒辦法仔細瞄準。無計可施的佐治要大家快點逃跑，自己卻絲毫沒有要丟下哈內的意思，直到學長的子彈打完了，我們五個人也被獠族團團包圍。

第十章

大雨總算停歇了，環顧四下，彷彿落入了眾神安息的林地。獠族人平靜地盯著我們，髻髮下那深邃的眼眸以及褐銅色的面孔，皆像極了南洋的部落民。他們的身高與我相當，體格也較鹿民壯碩，尤以腿部肌群異常發達，每位戰士的手背上都刺有三指鳥爪。

後方飛來一支竹箭射斷了麻繩，佐治遂趕緊扶起掉落在地面的哈內，此時蘇莫大刀一揮想嚇阻敵人，學長則是急忙地上前安撫。畢竟已落入了虎口，多做掙扎就只有死路一條。

隨後一名高大的男人走出人群，他的眉弓突出，臉頰上的火鳳羽紋一路經脖子延伸到了胸前，耳垂掛有鳥羽吊飾，粗壯的前臂配戴著一副麻繩編織的護腕，手裡還握有牽住麻繩的鐵鉤，仔細一看，麻繩的另一端就繫在護腕的前端。看起來是一副可遠攻亦能近守的兵器。

男人看著佐治說：「朋友，我們又見面了。」佐治似乎並不驚訝，只是面無表情地望著對方。

眼前的男人就是鬼面七鯨，今天我們將會從他的口中聽到三則故事，以下是第一則關於佐治的故事：

適逢大航海時代的尾聲，佐治決定加入英國的武裝商隊。由於荷蘭人幾乎壟斷了南洋的貿易路線，帝國政府遂計畫開闢一條能夠從北美殖民地直達日本的航道，於是他登上了橫渡太平洋的遠洋艦隊，期待能抵達夢想中的東方樂土。

這片浩瀚汪洋果真如同她的名字一般平靜，離港的前兩個月他們未曾遭遇狂風暴浪，原本預計將在第三個月抵達日本，但之後船隊竟無故於途中迷航，就連夜裡升起的北極星都顯得暗淡。散不去的霧氣使得導航設備都失了準，佐治看著打轉的指北針聯想印度經典裡所謂的輪迴。太陽每日從東方滑向西方，船隻卻始終無法離開一望無際的海域，只有船艙內的糧食一天一天地耗散，終於快到了彼此相食的地步。

傍晚，波光粼粼的海面猶如蛇鱗上下起伏，帆桅上方卻是平靜無風，船隊也只能繼續坐以待斃了。絕望之際，瞭望員赫然發現遠方有座形似鯨豚的島嶼，估計只要衝破船頭的濃霧，便可在日落之前踏上陸地，但此刻迷霧裡竟閃爍起雷火光芒。

「你看那是什麼？」夥伴指著前方一層果凍狀的牆，牆面在甲板上細微地波動著，並向左右延展到看不見的地方。

佐治大喊：「起風了！快轉動帆面朝反方向離開。」

「你瘋了嗎？陸地就在那邊！」

「不能過去！我們不知道這透明的東西是什麼。」

「就算是撞上巨型水母也要衝過去，我已經受夠每天啃牛皮鞋的日子了！老子現在滿嘴都是腳臭味！」他拔起佩劍想上前一探究竟，「這到底是什麼鬼東西，為什麼剛才沒發現？」

「不要過去！」佐治話一講完，夥伴已消失在牆的另一側，他害怕地取出短銃，緩步接近那層波動的壁面。

這時夥伴的臉突然憑空浮現在牆面，一張恐懼的臉朝著自己衝過來，對方瞪大眼睛叫道：「不要過來！快跑！」他的雙手穿出牆面在空中掙扎。

佐治試圖去抓他，卻突如其來有張血盆大口將夥伴扯了進去，留下一雙斷掌落入甲板。佐治見狀趕緊退後，然而船身就像被捲入漩渦似地被往前拖行，他死命奔向船尾，就在整艘船將要沒入牆面之際，佐治縱身一跳投入海中，左邊的肩膀竟被船緣的鐵具給劃傷。

撞擊水面的瞬間，佐治聽見肋骨在胸腔內斷裂的聲音，就快要失去意識了，他才猛然將手肘跨上一條橫木，隨後於海面載浮載沉。頓時又雷霆大作，海象也變得更加惡劣，他親眼看著隨行的四艘船被一一拖入迷霧。接著傾盆大雨打亂了狹小的視線，天空與海洋即將合上，終究沖散了他所剩的意志。

夜裡，佐治在皎潔的月色下醒來，泡在水中的身體幾乎沒了知覺，漆黑的海面上什麼也沒有，當然也看不見那座形似鯨豚的島嶼。

海浪是唯一的聲音，也只有藉著浪水，他才能確定自己的耳朵尚未失去知覺。視力已逐漸朦朧，他努力保持清醒，規律的海波卻如同催眠曲般引誘他入睡，就在將要再次失去意識的同時，他驚覺前方游來一尾鯊魚的背鰭。

看著自己不斷滲血的傷口，佐治霎時失去了求生的意志，本想任由鯊魚把自己吃掉，反正像這樣漂浮在海上，死亡也只是時間的問題。

正當鯊魚咬住了他的腳踝，佐治又開始反射性地拼命掙扎，他抽出腰際的折疊刀猛刺那尾龐然大物，但對方依舊緊咬著小腿不放，佐治再用另一隻腳狠踹牠的眼睛，經過了數回合的纏鬥，終於逼得那頭猛獸潛入海底。

當下早已筋疲力竭的佐治又被沉重的夢境給拖了下去，夢裡有數十隻海豚游過身旁，像海浪一般推著他上岸。

他早已忘卻陸地給人的感受，總覺得海灘上的細沙有些不真實。吐出一口海水，看著烈陽下的沙粒將水痕蒸乾。挺起僵直的背脊，抬頭望向前方的沙丘，總算在稜線的後方見到人影，他竭盡所能地用乾澀的喉嚨喊道：「水……我要水！」

當時他還不明白，遇上這些形同猿猴的野人竟會是另一場惡夢的開始。他們套住佐治的脖子將他吊在樹梢，並於腳底墊上好幾層扁木。每經過一段時間就會有不同的人前來訊問，但佐治完全無法理解對方的話語，每個訊問者都會從他腳下抽走一塊木片，時間一分一秒地走過，總感到死亡更進了一步。然而他反倒沒有放棄希望，每當頸上的麻繩又一次勒緊，他的腳尖就會更努力地尋找著陸點，儘管右腳已抽筋得不受使喚，他還是奮力用受傷的左腳蹬跳。

所幸最終有一名高大的男人出現在眼前，佐治失魂的雙眼以及嘴角的白沫，都讓對方見到了驚人的求生意念，於是他命令部下鬆開繩索。從那刻起男人每日為佐治療傷換藥，也親自餵他喝水，等到對方有辦法自行站立，男人更攙扶著他到林間行走，告訴他什麼是荒野中可以食用的果實，同時也教導他獠族的語言。

那個男人就是如今站在眼前的鬼面七黥，後來他放走了佐治，本以為這名歐洲人會記取教訓離開鯤鯓，沒想到佐治最終竟選擇效忠祖國的敵人，不但投靠了荷蘭東印度公司，甚至協助鹿民對抗獠族，這也難怪當初佐治似乎不願提起蛇人的事情，因為那段往事就是他喪失忠誠的證據。

第一段故事結束了，佐治走上前去盯著鬼面七黥的雙眼，「我的命是你的，可以放過他們嗎？」

「你誤會了，我需要他們的幫忙。」鬼面七黥轉頭望著學長。

夜裡我們被帶往獠族的棲地，一處洞穴外的平地上雖佈滿了落葉，卻有將近方圓百尺之內未見大樹，唯有蔓生的藤本植物纏繞著泥壤，在土表形成一片鬆軟的植被。

佐治稱該地貌為綠床，獠族人待過的地方時常出現此類景觀，可見他們擁有與自然溝通的靈性，也是由於這種與生俱來的本能使得獠王能夠通曉神靈意志，藉此預知未來的災難。然而一旦出了森林本能便會逐漸消失，也因此鬼面七黥才會拒絕戎巴的提議將族人遷往西部平原。

「為何獠族會有遷出森林的念頭？」我看著篝火映上佐治的側臉。

「有股未知的力量驚動到了海神，所謂的海神，指的便是飛天蛇人，牠們生於東北外海一處時常浮出海面的礁島，原先與世無爭，近年來卻屢犯鯤鯓。橫渡太平洋的英軍船隊就是誤闖了那片海域才會遭遇不測，而獠王認為那股未知力量與陳忠順帶來島上的東西有關，原先他以為就是曜石……」他抬頭看著我的眼睛，「我帶你去看一樣東西。」

正要起身跟著對方走進洞穴，學長忽然在背後大喊：「你們要去哪裡？」轉身一看，蘇莫也提著大刀走了過來。

佐治說：「你們也一起來吧，但是……蘇姑娘，你必須把刀放下。」她的舉動已經驚動到了一旁的獠族，於是蘇莫不甘願地放下武器，並隨我們步入洞穴。

本以為佐治會帶著我們往地底鑽，即便伸手不見五指，依然能清楚判斷洞內的地勢愈來愈高，像在爬上迴旋梯一般不斷上升，直到斑斑月色中滑出雲層的陰影，這才驚覺自己已到了戶外。

洞穴上方是一座小山丘，此刻鬼面七黥正背對著眾人眺望遠方，走到他身邊，赫然發現遠方的雲層中泛著暗綠色的光芒。

「這就是蛇人大肆飛離礁島的原因，發光的雲層下方便是北荷蘭城，我猜想，應該和你們帶來的東西有關。」

聽到這兒，大概也明白獠王為何會需要我們的幫忙，但此刻蘇莫和學長都和我一樣不發一語。

佐治遂開口問道：「你們能告訴我，那部〈龍藏經〉裡究竟藏了什麼？」

「是一隻足以摧毀世界的怪物。」

「可有辦法將其消滅？」

蘇莫心虛地說：「還不是時候。」

佐治聽完自然是露出困惑的表情，但一想到還得向他解釋誠衛哥那套複雜的理論，就彷彿有具千斤頂正在將腦門撐開。

學長倒是沉著地將目前所知之事娓娓道來，也許不像閱讀腳本那般欠缺流暢，措辭間卻隱含著晦澀的語氣。「那本經書如同與惡魔訂下的契約，只有在期限來臨之際才會履行末日的承諾。其實書中的怪物是一條飛在空中的噴火巨獸，皮膚就像鐵甲般刀槍不入，牠原先是位清國狂人，渴望自己能夠主宰半個世界，卻在成魔時被大清皇帝封印進了厚重的佛經。而如今被禁錮在經書內的怨念已幻化成了瘟疫，使得我們無法將其焚毀，只有等到封印失效，才能以曜石將其消滅。」

「要待到何時呢？」

「三百年後。」

「荒唐！」

蘇莫無奈地說：「狄蒙先生，我知道自己很難說服你去相信此等荒謬之事，但請就我們捨身奮戰的立場去體會這項任務有多麼重要。」

「我明白你們沒有說謊的理由，只是覺得有什麼事情搞錯了，總覺得不應該是這樣。」

鬼面七黥轉身看著我們，「朋友，我想你們誤會了，那顆石頭並不能消滅你們所謂的巨龍……」他的聲音猶如穿越蟲洞的訊號帶著模糊的警示，說話時，臉上的刺青隨著嘴角揚動。月色在獠王的黑髮上映出乳白色的光澤，夜風則在我們的耳際留下島嶼的傳說。這是他的第二個故事，是關於飛天巨蛟的故事：

在大航海時代尚未揭開世界的面紗之前，許多活躍於原古的生命，包含那些曾經被當作神祇祭拜的超能物種，依舊存在於一些未知的淨土。然而隨著人類不斷地掠奪地球資源，不少因此失去競爭力的生物都逐漸消失了，有些則選擇脫去上天賜予的禮物，融入其他物種的血脈苟且偷生。

飛天蛇人即為少數始終保留遠古特徵的生命體，牠們是生有雙翼的兩棲動物，由身形十倍以上的飛天巨蛟帶領，一般出沒於艷陽高照的海域。牠們的棲地受海洋靈氣環繞，光線經過該處即會產生繞射現象，過去經常有漢人船隻誤闖其所而遭吞噬，故有暗澳之稱。

原本這些遠離塵囂的蛇人只會在自己的地盤獵捕魚蝦為生，數十年前卻開始有人見到牠們出現在鯤島上空。而當蘇莫和學長所乘的帆船途經鯤鯓東北角時，放在船艙內的東西不幸驚動到棲地的靈氣，導致暗澳失去了保護傘，並現於海面之上，這才使得蛇人傾巢而出。

故事講完了，學長專注地看著鬼面七黥，「只要你將曜石還給我，我們會立刻啟程出航離開鯤鯓。」

「來不及了，海神的結界已經消失殆盡，就算你們將那個東西帶走，也無法阻止牠們繼續荼毒島內生靈。如今曜石是唯一可以驅趕海神的聖物，我無法將其歸還，況且削弱結界的東西並非你們所想的曜石，而是北荷蘭城的經書，正確來說，是經書裡的妖怪。」

蘇莫懷疑地問道：「為何您如此確信？」

「這都是她告訴我的。」鬼面七黥終於要說出第三個故事了，這次則是屬於他自己和托部的故事：

鹿王多利在生下拖部之前，已親手將四名兒子投入大海。即便隨後又懷上了司峇薩和強壩，但那些等不到拖部出生就枉死的怨靈，依然在她童年記憶裡留下不可抹滅的傷痕，她自小就背負著繼承王位的重擔，也不負眾望地成為了一名英勇的戰士。拖部在九歲就能擲槍射落河谷中企圖掠走幼鹿的老鷹，到了十一歲便隻身跳入湍急的溪流救出卡在石縫中的孩童，更曾於艷陽下穿過乾涸的窪地，只為了幫多利摘取鼠尾草以緩解月事帶來的陣痛。

傳授智慧的女巫在托部十二歲時，就將象徵權柄的鹿王鞭交付其手中，同時預言了一項令拖部費解的訊息。

「北方先祖在南渡前的遺訓是什麼？」女巫站在溫泉湖畔考驗著小拖部平日所學之事。

「鹿王應當帶領年輕族人穿越冷冽的凍土，在智慧開悟的黑洋中尋找鹿蹄下的鯊鰭。」

她繼續質問小拖部，「為何鹿蹄之下會有鯊鰭？」

「那是族人與鹿的共同記憶，當切斷世界的鴻溝消失在迷霧之中，沸騰的海水倒入了冰山之巔，並蒸發出繁根錯節的生命。而留在海洋中的遠祖為了保有天賦，比起萬物晚了一百次黃昏才走上陸地，祂們漸漸脫去盾鱗並將鰭片轉化為鹿蹄，再藉著成千上萬次的日出才銳變成人形，最後選擇與鹿兒們共同在土地上安居樂業。」

「既已安居樂業，又為何要南渡黑洋？」

托部不假思索地回答：「一顆生長於世界頂端的大樹下纏繞著綿延不絕的樹根，樹根間爬行著數不清的毒蛇，將囚禁於樹底的噴火巨龍綑綁，而每當寒風吹拂過境，毒蛇就會進入短暫的冬眠，讓巨龍有機會慢慢掙脫枷鎖。祖先之所以逃向南方，是要避免巨龍突破樹根後所帶來的生靈塗炭。」

女巫這時走近問道：「那麼妳知道族人南渡之後，極北之地所發生的災難嗎？」

小拖部天真的雙眼在泉面上眨動著水波，當下對於女巫提問自己不曾學過的事情感到訝異，但她很快就理解女巫並不是要考驗自己，而是在告訴她另一項新的課題。「掙脫樹根的巨龍終究翱翔於蒼穹頂端，然而不久便讓拿著銀槍的上古戰神給刺死，最後靈魂被封印在溫泉之中。」女巫轉過身去，面對著湖面的熱氣說：「那把銀槍，就是超越時空的永恆之槍。」

「這麼說，世界已經得救了！」

她突然回過頭來大聲訓斥：「不！巨龍被刺穿的瞬間，噴出身體的血液透過銀槍在空氣中劃破的時空縫隙飄流到了近代，之後又受到為邪靈蠱惑的人心召喚，即將再度橫空出世，屆時東方神魔併起！族人的血脈不久就要葬送在妳手裡了！明白嗎？」

天真的小托部承受不起那嚴厲的指控，頓時哭喪著臉轉身逃開了，女巫來不及將她抓回，便任由她消失在叢林之中。即使女巫後來承受到相當大的責難，卻依然認定這不失為一次磨練心智的契機，直到一年之後托部抱著大肚子在樹林間被族人給發現，女巫才對於自己的所作所為感到無比悔恨。

多利心疼女兒，不願讓她遭受鹿民的異樣眼光，遂和女巫編織了誤食神鳥之蛋的謊言以安撫群眾，自己卻對於女兒始終不肯透露父親的身分大為光火，憤而將她禁足於女巫地。

哈內出生之後，多利禁不起女兒的以死相逼，便安排僕人帶著男嬰北渡琉球，然而骨肉分離的痛苦仍舊每夜撕裂著托部的心，好在那個男孩時常悄悄現身於溫泉禁地予以安慰，在煙霧渺渺的湖畔延續著兩人在森林中的回憶。

托部的腳踝被繫上了鹿鈴，每隔半個時辰就必須舀起一瓢泉水安撫鈴鐺中的精靈，否則將鈴聲大作。為此無法安心入眠的她總期盼著男孩能夠再度出現在那塊半身高的石頭後方，並體貼地靠在另一側握緊自己的手，無言地傳達說不出的思念。但就在一天夜裡，守衛終究發現了男孩的蹤影，那一次男孩不幸為飛矢所傷，從此就不曾再出現了。

往後的歲月裡，托部孤單一人在溫泉湖畔整理著長長的黑髮，直到多利撒手人寰，她才終於擺脫了長年的禁錮，並且順利地繼承王位。

說著第三個故事的鬼面七黥低頭嘆道：「當初我追著獵物來到圈谷，偶然發現托部瘦小的身子靠在巨石上，想必已經很多天沒吃東西了。即便她身上有著鹿民的氣味，我還是撕了一張乾鹿肉餵她吃，假使我不這麼做，不用多久她肯定會虛弱得連黑熊都打不過。」他繼續背對著我們訴說自己和托部相遇的往事，此時北荷蘭城上空的雲層正快速地流動著，綠色的螢光顯得更加躁動了。

「原本我們計畫擺脫兩族的世仇，在高山上白頭偕老，雷里溪上游的一處岩洞就是我們最早的家。有天我帶著托部到溪邊抓魚，忽然聽見樹叢間有鹿民交談的聲音，托部賭氣地要我猜她敢不敢上前和族人相認，我賭她不敢，結果她居然就衝了出去。後來我明白她是背負著族人的命運才會選擇離開，但當下我真的很恨她，恨到想立刻把她殺掉。」聽著故事，我彷彿看見當時鬼面七黥憎恨的眼神閃爍於樹叢之中，但在那個當下托部卻無情地拭去臉頰上的淚水，灑脫地將對方拋下。

如今，我不經意地發現獠王的眼角也泛起淚光，那種打擊肯定是自己畢生都難以體會的，但考慮到托部當時的心境，我其實更佩服那位堅強的女子能在沉醉於情感的同時，不忘了去扛起常人難以承受的責任。

佐治搭著鬼面七黥的肩膀，「朋友，你也是個有肩膀的男人，現下獠族的存亡不也掌握在你手中，應當釋懷了。」

「這點我明白，所以在那之後，我才會每夜偷跑去女巫地找她，直到被守衛發現的那晚才肯罷手。我不想由於自己的私心損及她在族裡的地位，接下來的日子，我全心全意帶領著獠族對抗鹿民，儘管始終無法諒托部所作的決定，卻也未曾將此情帶到戰場之上。其實我不願與她為敵，但那是自己必須做的事。」

然而兩人在種族間的恩怨，以及過往的情感糾葛，還是加深了鹿民與獠族的矛盾，直到學長的帆船劃破了東北角的瘴氣，托部才開始對於連年下來不知所謂的征戰感到困惑，更明白地來說，是由於女巫當初的預言即將現世。

偷竊東印度公司的財產屬於族內重罪，當時托部傳喚小偷來到帳前，要求其餘人等先行退下，接著她向偷兒詢問經書的下落，並發現對方的脖子上掛有一顆閃耀的玉石。托部遂命偷兒交出玉石，並立刻親自前往女巫地確認此物的來歷。

「這就是上古銀槍的碎片呀！足以催生巨龍轉世。想必是在戰神刺死巨龍之際，隨著血液一同進入時空間隙的！」女巫果斷地說。

「智者呀！妳說我應該怎麼辦呢？」

「我只知道這塊石頭蘊含著強大的能量，剩下的事情就只能交由鹿王親自作主。敢問鹿王可知巨龍下落。」

「我不清楚，但偷兒說了，他竊來的小船上還有另一部厚重的經典，如今已遣人拖回北荷蘭城，本王無權干預了。」

「但他們可知道這塊石頭的下落？」

「我想是的……估計不用多久便會派人來詢問。」

女巫沉默了許久，再無力地走向湖畔，倏然又轉身說道：「千萬不可交出這顆石頭！我有預感東方海面不久將有魔獸騰空而起，唯有上古戰神所持的神器方能將其制伏。」

即便托部已非未經世事的少女，面對這場即將來臨的災難卻也顯得無所適從，她明白鯤鮹島上各部勢力的抗衡僅為凡間短視而愚昧的較勁，鹿民與獠族間的戰爭更只是執著於有限資源的貪婪。新月升空的夜裡，心思紊亂的她刻意帶著輕裝隨扈進入叢林掃蕩，再趁著衛隊敗走之際重回了鬼面七鯨的懷抱。

明月再度浮出雲層映照於下方婆娑的樹海上，我聽著葉浪聲拂過小丘底部的綠床，同時也傳來獠人笙歌宴舞的狂歡。猜想他們已經很久沒有打勝仗了，深夜裡的喧囂卻仿若末日下的輓歌，期盼在浩劫來臨前抓住人世間最後的愉悅。

「原來曜石不但不能殺死巨龍，反而是提早助牠轉世！我們都搞錯了……」蹲在崖邊的學長起身說道：「我們該怎麼幫忙？」

「必須讓巨龍再次甦醒。」眾人回頭看向後方，發現托部悄然現身於黑暗之中，她正抱著熟睡的哈內走上最後一塊石階，。

「萬萬不可！那可是會造成生靈塗炭的！」蘇莫叫道。

佐治亦面有難色地說：「甚是！鹿王何出此言？」

「我不是鹿王，司呇薩才有資格被稱為鹿王。小女只是個辜負我族百姓的罪人，僅想盡點微薄之力來補救自己的過錯。獠族之所以侵犯平原就是料到禍害將至，而我竟私心於鹿民血脈，未曾顧及憤怒的神靈可能摧毀整個世界，要不是他對我曉以大義，恐怕我的心早已迷失在渺渺塵間。如今唯有喚醒巨龍才能制衡飛天巨蛟的威脅。」她看著鬼面七黥說。

蘇莫沮喪道：「不……這都是我們的錯，是自私的中原主政為了爭權奪利，才讓那頭邪魔有機會橫空出世，不但殃及無辜，更種下了禍害來世的惡果。」她愧疚地牽起學長的手。

佐治說：「再多的悲嘆也無濟於事，我們先來談談『制衡』這件事吧！為何有此等念頭？」

鬼面七黥解釋道：「飛天巨蛟與你們所言之巨龍，皆是純種神族的後裔，其所秉超能之力絕非吾等之輩可以抵擋。然而正如鹿民女巫所言，巨龍原為毒蛇所困，故藉蛇人之力應能與其抗衡，這也是我們唯一的希望了。」

安慰著蘇莫的學長忽然開口說道：「你們不要廢話這麼多！快來講點實際的做法吧！」

「我們必須去北荷蘭城取出經書，再到溫泉湖畔請女巫喚醒巨龍！」鬼面七黥果斷的抉擇頓時劃破雲層，北荷蘭城上空的綠光中隨即傳來一聲蒼龍的怒吼。

第十一章

三日後，眾人聚集在破曉前的綠床商討夜裡潛入北荷蘭城的計畫，卻不幸接獲司嵜薩溺水的噩耗。

東渡蘭陽平原的鹿民在海面遭遇飛天蛇人，戰況相當慘烈。當時英勇的司嵜薩踏上水鹿的背，奮力甩出皮鞭拉下一頭蛇怪，但其掙扎的力道之大，迫使司嵜薩不得不躍上怪物的背脊，在空中與之纏鬥。最終被勒斃的蛇怪失重落入白色的浪花，拖著司嵜薩一同沉入海底。鹿民衛隊在大浪下焦急尋找，最後將她救上岸時早已失去了意識，即便尚有脈搏，竟也陷入了深度昏迷，至今尚未清醒。

如今強壩掌握了軍政大權，他不但驅逐擁護鹿王的親信，還迫害那些不願歸順的將士。

「首里城淪陷了，薩摩藩現已平定琉球全境，據說東寧同倭人聯軍佔領了滬尾的安東尼堡，並長驅直入鹿谷，很快就要到達盡頭的北荷蘭城了。後援的九江天火已過烏溪，不出十日便能運抵窪地，強壩早率領部將遁入草山，欲在女巫地稱王，已不再聽統領號令。」鬼面七黥向我們轉述斥候匯報，由此可見沖繩又再度歸入日本版圖。

佐治問道：「司嵜薩的殘部呢？」

「目前下落未明。」

「他媽的……這樣要怎麼進入北荷蘭城。」學長憤怒地推了一旁的樹幹，神情十分懊惱，「那個狗娘養的強壩真是死性不改。」

「如今已無暇顧及司嵜薩了，」佐治深感抱歉地看著托部，「我們錯失了良機，東寧軍肯定會在日落之前包圍北荷蘭城，要是失守了，經書恐怕將不知去向。假使他們沒有從海路夾擊，我們尚可自北面登島取出龍藏經。」

我提醒他說：「就算我們成功出海，被東印度公司的船艦誤判為敵人又該怎麼辦？」原先同行的歐洲傭兵早就全數陣亡，如今只有佐治出面才能勉強卸下城中守軍心房。

「沒有機會光明正大地走入城門了。現下鹿民王權乖變，我們離開時又與強壩同行，估計統領會對我起疑心，只能期望守在城內的李將軍能即時提供應援。」

學長叫道：「我們根本沒辦法連絡他呀！完全不可行。」

「我想到了一個方法！」眾人頓時回頭望著我，彷彿自己是犯了過錯的孩子，「但是你們也不要抱太大的希望，或許沒用。」

「幹！你不要講廢話了啦！有方法就快說！」

「我的麻布袋裡還有一顆信號彈，或許有用。」

「不要像娘炮一樣！給我一次講完。」

當下托部、蘇莫、佐治、學長，還有鬼面七黥全都帶著盼望的眼神，我深吸了一口氣緩解緊張的情緒。

「我和誠衛哥來此之前，意外學會了東寧軍在海上的通信暗號，若能藉此騙過敵艦衝向北荷蘭城，快要抵達守軍射程範圍之前再以信號彈提醒誠衛哥，或許能一鼓作氣登上岸。」

佐治聽完後，低頭沉思了一會兒，隨後說道：「就這麼辦吧！」，我們即刻動身。」

隨著獠王帶領的百位壯士走出深山，在叢林間找尋雞籠河的源頭，計畫順著河谷迂迴而下，將要靠近東北角時再轉入沿海地帶。托部則負責引導全數獠族跟隨在後，以備隔日的後援。

走過翠綠的荒林，以及瀑布簾幕下平靜流動的溪水，枝頭細密的葉脈在水霧中殘留些許植物芳香，陽光沖破朝日的雲層之際，我們已成功登上了東北角的制高點。眾人眺望著海風壓彎金黃色的芒草，在雲霧繚繞的山脊上依勢而過。

佐治用望遠鏡俯瞰披著陽光的碎浪，赫然發現遠方的雞籠嶼豎起了東瀛的旗幟。「不妙！聯軍早已控制外海，山腳下的漢人村莊如今空無一人。」

蘇莫問道：「港灣可有船隻？」

「有三兩艘漁船停泊於岸邊，興許能在黃昏後悄悄離港。」

午後，鬼面七黥帶領手下藏身於村內，為避免守軍誤解我方來意，獠人萬萬不可同行。眾人在港邊等待著夜幕降臨，準備西渡。待到明月升起，兩岸的砲火聲此起彼落，北荷蘭城的剁口中霎時泛起火光，照亮了上方低矮的雲層，東寧的鐵甲軍團與精銳水師分別夾擊小島兩側，一時海面恍如白晝。

出海之後，小船隨著翻動的浪水上下起伏，海象很不穩定。學長點燃鐵籠內浸濕油水的棉布，再蓋上石綿先掩住光火，以備接下來傳信之用。東寧的大型蒙衝擊沉了荷蘭炮艦，我方更在途經火海之際被飛箭射中前方甲板，我趕緊拿下鐵籠的遮罩對著東寧軍傳達信號，原先擔心自己無法騙過敵人，所幸又在數波飛矢落入海面之後，大型蒙衝終於停止了對我方的攻擊，佐治和學長這才開始賣力地划動船槳衝向北荷蘭城。

靠近岸邊時，由樓城上射出的一枚炮火差點擊中我方的小船，學長立刻高舉著信號彈打向天際。即便無法確定誠衛哥是否已收到暗示，總之最後我們安然地在映著火光的海灘前成功登陸，並未遭遇更多守軍炮火，一行人有驚無險地來到了城門外。

佐治抬頭對著城樓大吼，守衛馬上推開城門掩護眾人入內，一進了城就看見何曼領著衛隊歡欣地上前迎接，然而他劈頭的一番話卻讓佐治頓時表露困惑。未待他們結束僵持不下的爭吵局面，我和學長便刻不容緩爬上城牆去找誠衛哥，慶幸地很快就在北側稜堡發現了他。誠衛哥正用望遠鏡觀察敵艦的動向，腳邊擺了一支填裝好的火箭筒，原本多話的他竟絲毫沒有久別重逢的喜悅，反倒立刻指著遠方問道：「那是你們帶來的援軍嗎？」

「什麼援軍？」

「大清水師呀！他們大概在一個時辰前現於西北外海，並一路朝著我方靠近，途中驅逐了不少日軍戰艦。」

「我們並沒有和他們聯繫呀！我們是要來取龍藏經的！」

「這就奇怪了！莫非這次是施將軍主動出擊。」

蘇莫急忙叫道：「那不是施將軍！是天龍黨的八旗軍！」話一講完，清軍水師的砲火霎時擊中北側稜堡。被震波擊倒在地的誠衛哥隨即起身背起火箭筒瞄準即將登岸的清軍蒙衝，「看來又多了一組麻煩的傢伙！你們快去西南地窖找龍藏經！」

「好！陳忠順，你跟我來。」蘇莫卸下纏繞刀面的麻布，轉身跑下石階。

我看著學長說：「你快去，這裡交給我們！」

誠衛哥忽然叫道：「耳朵摀起來，我要發射了！」飛彈產生的巨大聲響引來城內守軍的注意，東印度公司的衛兵趕忙過來北側支援。即便打頭陣的清軍登陸艇已被誠衛哥擊沉，隨後而來的八旗部隊卻也乘著小船逐漸逼近。

前來支援的佐治說道：「南側的東寧軍已經上岸了，陳忠順和蘇莫目前在那兒支援守備！我方如今腹背受敵，所幸東寧炮艦尚於海面和清軍纏鬥，一時半刻他們還打不進來，必要守住城門讓兩方在外頭廝殺。統領本以為清軍是我們帶來的支援，甚是高興，結果令人大失所望。如今幾乎沒有勝算，這城是守不住了……」

「先生快別說喪氣話，眼下只能竭盡所能，全力以赴！」

「好的！」佐治指示守軍射擊搶灘部隊，我也接過誠衛哥的步槍架上㮶口，瞄準著岸邊的敵人。

許多不黯水性的八旗軍在搶灘之後都無力地跪坐在浪花前，暗夜裡，東寧水師成功地繞過西隅來到北側稜堡，並輕鬆將清軍擊潰。但在波濤洶湧的海面上，巨型的清軍船艦依然占盡優勢，天亮之前肯定就能包圍小島。

「局勢太過混亂了！到底該對誰開槍？」

誠衛哥說：「誰先抵達城門，就先射誰！」

海面上光火點點，不時傳出三軍交戰的砲聲。午夜之後未有敵船登陸，城牆上的士兵仍不敢掉以輕心，並不時確認㮶口外的風吹草動，誠衛哥更是徹夜未眠，疲憊地靠在火炬旁檢查刮花的狙擊槍，完全失去了原有的自信。

「誠衛哥你沒事吧……」

「李老弟，我沒事。突然想到當初給你狙擊槍的時候忘了留下子彈，腦袋不管用了。」

「我都平平安安地回到你面前了，那種事情根本不算什麼。」

「看來你已經能夠獨當一面了，我很開心。」

「謝謝誠衛哥……我可以的，你別擔心」我振奮地說道，「接下來就讓我來擔任主力吧！」

「好的……」他欣慰地看著我，慘白的雙唇再也說不出任何一句話了。

北荷蘭城上空的愁雲慘霧映照著火紅色的海光，接近卯時，四方人馬再度動員，更有幾艘倭人小船偷偷靠岸，南北兩側皆有敵軍登陸。天才破曉，一艘清軍炮艦已駛近岸邊，誠衛哥立刻填裝火箭筒，挺直身軀瞄準海面，竟被倭人的長弓擊中了左胸。

「誠衛哥！」我看著他痛苦地蜷伏在地。

「我沒事！摀耳朵……準備發射。」他再度振作起身，繼續瞄準海面，佐治遂命令守軍作掩護射擊。咻的一聲，飛彈擊中了炮艦的高甲板，站在上頭的清軍落入海中，此刻炮艦似乎轉動了舵盤，緩緩露出側身的炮門。胸口滲出鮮血的誠衛哥難以喘息，卻還是奮力對著眾人大喊：「大家快趴下！」

轟——

我在爆炸聲中墜落塌陷的城牆，碎裂的石塊揚起了大量粉塵，戰雲密布下哀嚎聲四起，敵人趁勢攻入了破口，多方人馬頓時短兵相接。混亂中，佐治托起自己無力的身軀退入守軍掩護，我的視線卻依然停留在誠衛哥被炸得粉身碎骨的斷壁上。

如今淚水是我唯一能說出口的話，那個始終安靜不下來的男人居然什麼也沒多說就這樣離開了。然而他的聒噪竟言猶在耳，要我怎麼相信眼前的事實呢！

「誠衛哥呢？」學長推著裝載經書的獨輪車跑了過來，一旁的蘇莫則揮舞著大刀斬殺敵軍。

「來不及解釋了！快走！」佐治急忙引導眾人跑向東南隅的城門。

一行人穿過淪陷的廣場，在戰場上使勁兒突圍，總算能在衛兵的掩護下逃出北荷蘭城，何曼的衛隊已在沙灘上備好數艘小船，打算一同撤退。但臨走之前何曼仍舊不肯相信清軍會背叛自己，衛兵只好硬將他拖上小船。

鹿民傭兵駕著梅花鹿在水面作火力支援，我們終於趕在小島徹底淪陷前擺脫了追兵，全力渡往鯤鯓。但駐守在鯤島上的東寧軍依舊沿著海岸線追趕我們，就此登上陸地將免不了另一陣廝殺。

「往東方的漁村走！那邊有獠族的伏兵！」佐治指揮眾人改變行舟方向，卻又注意到左側出現另一艘滿載天龍黨甲士的蒙衝，定眼一望，站上船頭的人居然就是光頭男。

學長緊握船槳，憤怒地拍打水面，「他媽的！那個傢伙又來了！」

「上岸！讓我去收拾他。」蘇莫的刀柄敲在龍骨上產生了巨大的晃動。

佐治則安撫道：「別衝動！先坐下，」他指示鹿民到左前方的海灣開道，「右岸的東寧軍腳程肯定不及我方的速度，只要搶在天龍黨之前登陸左岸，便有機會在樹林中擺脫他們。」

不料東寧軍突然朝我方開火，砲彈滑過天際，在耳邊刮出一道尖銳的聲響，何曼的小船瞬間被炸得血肉橫飛，飛散的木屑刺入臉頰，頓時感到血液在傷口上沸騰。佐治對著其餘倖存的小船大吼：「不想被炸成肉漿就快點划！」

砲彈激起的水花讓海岸線變得朦朧，爆炸所產生的湧浪更使得小船猛烈晃動，許多膽小的衛兵都跳入海中躲避炮火，佐治仍鍥而不捨地赤手划動水面，而蘇莫早已神情痛苦地挨著船緣嘔吐。

「李毅任！快划，我們就快到了。」學長話一講完，船底應聲觸及暗礁。

「我下去把船推開。」佐治不加思索地卸下裝備。

蘇莫虛弱地說：「讓我來吧……」她以刀柄戳入水底，試圖讓小船離開暗礁。

我也趕緊起身幫忙，竟不慎讓大刀沉入海中，「對不起……該怎麼辦？」

「沒事兒的……丟了那把刀，船也輕些。」暈船的蘇莫已沒了精神。

學長脫去上衣跟著佐治跳入水中，倆人賣力推動船身，這才擺脫了擱淺的窘境。我們再度使勁地划動船槳，總算成功在礫灘上了岸。此時打頭陣的鹿民傭兵早已遁入叢林，灘前留有一艘比我要早登陸的衛兵小船。

「一群貪生怕死之輩！」佐治忿忿地說，「我們快走吧！那幫人就快上岸了。」

我們四人合力將龍藏經抬上獨輪車，輪軸才剛吃力地發出摩擦聲，赫然發現遠方有名荷蘭衛兵被揪著衣領高舉在半空中，捧在懷裡的火繩槍還不慎走火朝天擊發。抓住衛兵的人便是光頭男，在他的腳邊另倒臥數名衛兵屍首，身後約有三十名八旗輕裝甲士，各個皆毫無表情地正朝我們大步邁進。

「我定要殺了這狗娘養的傢伙。」蘇莫手無寸鐵地衝了上去。

敵方有一人背著巨大的滿州角弓，他對於蘇莫的魯莽表露訕笑，接著就從容地張開弓弦，專注瞄準逼近的蘇莫。此刻我發現學長的神情有別於以往，即便蘇莫老是捨身殺敵，總讓學長不以為然，但這還是我頭一回從他的眼中看見那份擔憂。我知道這一次，他再也不能相信蘇莫了。

咻——咻——

那人連續射出兩支飛箭，一左一右各擊中蘇莫騰空而起的雙肩，使得她驟然失重摔落在地面。

學長大喊：「不要呀！」

佐治拉不住衝上前去的學長，遂拔起匕首站穩腳步，額頭上的汗珠已積累成綠豆般的大小，深邃的面孔卻是毫無懼色。

光頭男露出恐怖的笑容，示意要手下放下弓箭，自己則抽出白刃開始漫步向前，甲士們也都陸續拔起彎刀緊跟其後。眼看他們就快逼近護著蘇莫的學長，剎那間蘇莫奮然起身，迅速取走學長腰際的短刀，並踩上他的肩膀跳向前方，佐治見狀了也立即上前助陣。

學長看著我腳邊的漂流木大喊：「李毅任！把那個丟過來！」

我朝他拋出木條，自己也撿起划槳守在龍藏經旁邊。

受傷的蘇莫和佐治死命抵抗甲士的包夾，學長也試圖在外圍干擾敵方，這時光頭男居然繞過了眾人直接朝自己快步跑來，學長竟奮不顧身地從後方抱住光頭男，對方卻絲毫不受干擾地繼續邁進，右手向後繞過學長的腰，以白刃在他的背部劃出長長的血痕，禁不起疼痛的學長最終倒地了。

「忠順哥！」蘇莫一個分心被敵人刺中了左腹，儘管她又猛然轉身砍殺數人，自己卻因失血過多而昏厥。

另一旁的佐治也相當不樂觀，他的匕首根本不及敵人的彎刀，遂讓飛刃劃得滿身是傷，最後還被重重地踢飛，滾得渾身砂礫。然而他依舊不肯放棄，振作起身衝向光頭男。光頭男警覺到佐治的逼近，遂轉頭壓低身段，像玩弄獵物一般揮舞雙刀。就情勢判斷佐治絕無勝算，但他竟被一種堅定不搖的意志給牽引著，執意要刺向眼前這位不可能被戰勝的男人。

學長則比佐治要搶先一步來到光頭男身後，舉起木條揮了過去，光頭男先是閃避學長的攻擊，接著出手打掉佐治的匕首，隨即又轉身掐住學長的脖子。佐治立刻抓住光頭男的右手，卻被另一名甲士無情地斬斷左臂，終於也失魂地跪倒在地。

學長被光頭男給一腳踹開，就此感到一切都結束了，手裡的船槳也不自覺地掉落地面，無力的雙腿更是將身軀狠狠拉倒。海風過境，石灘上的龍藏經唱起了低沉的輓歌，它並不是為了我們的失敗嘆息，而是在嘲諷那最初無知又愚蠢的冀望。打從一開始，我們根本就不應該期待自己能夠拯救這個自私的世界，如今現實已將燭火吹熄，刺鼻的煙硝也捲入了氣旋，化作一抹微小的沮喪。

頓時樹林的方向迎來一道疾風，攙和箭雨從天而降，本以為那是東寧軍所放的亂矢，但每支竹箭竟又不偏不倚地擊中身旁的敵人，很明顯是想營救我們。身手矯捷的光頭男躲過了這波攻擊，並不疾不徐地重新站穩腳步。此刻我發現鬼面七黥正大步地走出樹叢，緊跟在後的便是托部所帶領的獠族援軍。一見情勢不對，光頭男立刻朝著自己狂奔，但鬼面七黥拋出的鐵鉤倏然刺穿空氣來到眼前，他趕緊側身閃避，再見到獠族人並未張弦，便索性壓低身段，準備迎擊步步逼近的獠王。

受了箭傷的八旗甲士各個起身還擊，皆為鬼面七黥給輕鬆撂倒，當獠王的鐵鉤終於抵達光頭男的跟前，利刃的尖端早滴落了不少亡者的血液。光頭男則繼續揮舞著雙刀，勉強保持微笑，再自信滿滿地飛劈過去。鬼面七黥只是側身閃避，並甩出與鐵鉤相連的麻繩將其纏繞，不一會兒的功夫就捆住了光頭男，使其跪坐在地。他將兩支鐵鉤交扣在光頭男的腰際，猛然撕裂對方的身軀，被截成兩半的光頭男居然趴在石灘上狂笑，沖上岸邊的海水嗆得他狂吐鮮血，最終染紅了層層堆疊的浪花。

朱紅色的旭日浮出了天際線，照在鬼面七黥的臉龐使其五官更顯深邃，仿若一尊遠古神祇。佐治按住斷臂在砂礫上大聲喘息，終究再也支持不住暈厥了過去，獠族人趕緊上前攙扶，哈內也從人群中跑了出來，跪坐在佐治的面前哭喊對方的名字。

所幸東寧聯軍撤退了，北荷蘭城的稜堡豎起了清軍旗幟。海風中我聽見一名男子的啜泣聲，轉頭一看，那便是將蘇莫抱在懷裡的學長，他的雙肩一起一縮地抽動著，洋面反射的光線在他的淚痕中留下璀璨斑斕的不捨。

蘇莫的遺體被安葬在木柵河畔的大樹下，沒有棺木，也沒有墓碑，只有學長的眼淚滋潤著青草下的永恆回憶。烏鶖淒涼的叫聲讓我想起了第一次遇見蘇莫的那個下午，如今她已在三百年前的土地上離開了人世，未來的世界也不將再有她曾走過的足跡。好在學長很快就收起了悲傷，因為眼下我倆必須擔起使命，絕不能讓蘇莫和誠衛哥白白犧牲！

有了獠族的幫忙，我們得以藏身於樹叢間規劃接續的任務，負傷的佐治則在托部的照料下繼續休養。然而這幾天下來，東方海面不時有蛇人盤旋於天際，遠方遭受襲擊的北荷蘭城更是連日傳出砲火。為了躲避東寧軍，我們跟著獠族進入硫煙密布的草山，貧脊的硫磺谷地寸草不生，走在石礫小徑，隔著草履都能明顯感受到滾燙的熱氣。獠族戰士的腳底板被燙得發紅，不得不疾步狂奔，不出一日，我們便帶著龍藏經翻山越嶺來到了女巫地。

「不能帶這麼多人。」學長翻開林葉，望著丘陵間的溫泉湖說。

「為什麼？」

「我們還不清楚裡頭的狀況，強壩的人馬或許還守在那兒，太多人會打草驚蛇。」

鬼面七黥站上前說：「十個人就夠了，只要十名獠將便可駄動那部經書。」他步出林外，烈陽在鐵鉤的尖端反射出旭爛光芒。

眾人跟隨他穿梭於谷地，不一會兒就在溫泉的沸騰聲中聽見鹿民的交談聲，鬼面七黥示意要大夥兒放慢腳步，學長則悄悄從亂石堆探出頭，發現強壩所帶領的鹿民戰士正步步近逼鹿王殘部，司峇薩則躺在湖畔的草蓆上被祭司群團團守護。掌管溫泉禁地的女巫拄著拐杖坐在石頭上，望著強壩的眼神中充滿著鄙視。

鬼面七黥按住學長的肩膀，「不要衝動。」

「他們想要幹麼……」

強壩上前撂倒三名祭司，他的衛隊同時開槍打死捨身護主的鹿王殘部。

女巫憤怒地咒罵對方，只見強壩仰首大笑，對著空中舉起象徵兵權的短刀，山谷上成群的鹿民戰士瞬間情緒高漲，此刻局勢似乎導向了意氣風發的強壩，沉睡在湖畔的司呇薩已徹底失去了民心。

「果然，司呇薩現在就跟死人沒什麼兩樣。」

「幹！那個垃圾想趁機篡位！我們快去救她。」

「現在衝出去只會被鹿民包圍。」

「那該怎麼辦？眼睜睜地看他殺死鹿王嗎？」

鬼面七黥沒有回答，只是默默觀察情勢。

強壩隻手推倒女巫，再命令手下抬起司呇薩投入滾燙的泉水。眼看著她的軀體緩緩沒入泉面，女巫和祭司們開始相擁而泣，接著又是低頭禱告著，像在進行一項儀式。強壩見狀，暴怒地拿起皮鞭抽打祭司，鹿民遂變得更加鼓譟，彷彿正在催趕強壩打死這些不願捨棄舊主的傻子。

就在祭司們被打得皮開肉綻之際，湖心忽然湧現大量沸泉，輻射狀的水波堆疊上岸，彷彿湖底有巨獸即將騰空而起。然而意料之外的是，浮出水面的卻是泛著金光的司呇薩，她的頭上頂著一對鹿角，雙瞳炯炯有神，手持鹿王鞭，猶如女神般降臨於湖畔。

強壩先是畏懼地望著眼前這位似人非人的鹿王，緊接出其不意地甩出皮鞭想先發制人，司呇薩亦執起皮鞭擋下強壩的攻擊，並讓自己的鞭子順勢纏住對方的鞭頭，形成一條雙節的長鞭。

司呇薩說道：「姊姊知道你不甘臣服於鹿王，貪婪早吞噬你原有的使命，如今你連鹿將軍都擔當不起了！」她和藹地看著強壩，鹿角瞬間退化了，消失在烏黑的秀髮中。

強壩流下激動的淚水，他抬頭瞪著司呇薩，「妳懂什麼！身為男人，在鹿民之中注定為傭為奴，不像妳們懷有天命，生來不需努力便有尊榮。我要為死去的哥哥們報仇！」講完便抽出匕首撲向司呇薩。

本想饒他一命的司呇薩立刻甩出的雙節長鞭在他身上來回打轉，一圈又一圈將其綑綁，跪坐在地的強壩逐漸面部泛紫，被緊緊束縛的肩頭滲出了黏稠的血液，體腔內更傳出骨頭碎裂的聲響，僵硬的身軀就此倒臥在溫泉湖畔。

擊敗強壩的司呇薩頓時重返榮耀，山丘上的鹿民又開始歡欣鼓舞地迎接這位強大的鹿王重返王權。隨後她察覺了在亂石堆中看得目瞪口呆的學長，便朝此處投以憤怒的目光，「你為何帶獠人來此地？」司呇薩語畢，四周竟變得鴉雀無聲。

忠順學長一時不知所措，鬼面七騂卻毫無懼色地走了出去，他正要開口，冷不防地從小丘頂上射來一隻飛矢。然而中箭的獠王態度從容地拔出僅沒入三分的箭頭，結實的胸口只留下了少許的血漬。

「我相信鹿王是位明主，妳也曾親自與蛇人交手，理當明白……」話還沒講完，鬼面七騂又被另一支箭射中了左肩。

司呇薩岔然喊道：「放肆！誰膽敢再放箭！」

眼前這位強壯的男人再度拔出第二支箭，神情泰然地說：「一起消滅蛇人，才是我們應該做的事。」

司呇薩聽完，雙眼直視著我們漫步而來，「請你告訴我，我們應該怎麼做？」

「唯有遠古巨龍方能驅散東海上的迷霧，」在她身後的女巫語氣相當堅定，於是眾人靜心下來傾聽她口中有關末日的啟示，「存在於創世冰峰的滅世巨龍即將在此降臨人間，召喚祂並非為了斷去文明血脈，而是要抗衡宿命中的蛟頭魔獸。該魔獸原生於世界之樹下盤根錯節的泥壤中，由於受不了北極的天寒地凍而飛往南方溫暖的海域。鯤鯓東海外的迷霧就是魔族的結界，藉此模擬極北天象。如今暗澳的蛇妖之所以被驚動，便可證明巨龍已被帶到此地。」

鬼面七鯨指示手下抬出龍藏經，「不錯，妳要的東西就在這兒！」

「能召喚滅世巨龍的人不是我，」女巫看著忠順學長說：「而是他！這個男人的身上流著足以釋放巨龍的血液。」她牽起學長的手走向湖畔，獠人也隨即將龍藏經帶到了跟前。「我需要你的鮮血，還有你胸前的那塊石頭。」

於是學長交出了曜石，並伸出右手說：「妳割吧！」

抽出匕首的女巫正要下刀，天外忽然有蛇妖鋪天蓋地而來，叼起稜線上的鹿民拋落山谷。眾人驚慌躲避，鬼面七鯨和司呇薩則分別向空中拋出鐵鉤和皮鞭捕捉蛇妖。接著東方海面又迎來一股撼動百里的聲波，耳膜隨著巨大的低頻能量隱隱共振，好似大型貓科動物沉悶的低吼，聲音卻又大得不真實。

「天空快塌下來啦！」儘管鹿民四處流竄，終究逃不過降落地面的蛇妖，山谷間霎時屍橫遍野，數十里外的窪地方向也同時傳出東寧軍開火的炮聲。

「看來他們已經傾巢而出了！」鬼面七鯨大喊：「快召喚巨龍！蛟頭魔獸就要飛出暗澳了！」

女巫立刻劃開學長的前臂，讓鮮血直接淌在龍藏經上，螢光旋即照向天空，四周的霧氣也被映上了藍色的經文，並沿著山壁順時針旋轉著。

女巫大喊：「快將經書推入湖中！」

我趕緊跑過去推動厚重的書經，獠族人也立刻上前幫忙。我們在地面拖出一條長長的軌跡，才終於將龍藏經推落水面，女巫隨即把曜石投入湖中。

一聲長嘯直衝穹頂，貫穿了上方的雲層，同時捲落高空中細小的冰霰。晶光閃閃的水珠落入谷中，在溫泉湖畔形成一片斑斕霓虹。絢麗的背景下，一尾龐大的巨龍從泉面緩緩起身。

草山頂的烏雲連同鯤鯓的外圍環流被緩緩吸入暗澳上空，女巫地一時陽光乍現。雞籠外海的天際線僅存浮雲數朵，火紅的底部各個切平於深藍色的洋面上，仿若嚴守著海岸的衛兵連成一線。此時在暗澳降下的暴雨猶如一根完美的圓柱體現於東海，水柱打在厚實的蛇鱗之上，激起了魔獸轉生的震撼。

逃亡的群眾中有人大喊著：「巨蛟出現啦！」

另一頭龐然大物在遠方騰空而起，帶著大匹蛇妖朝著鯤鯓飛來。滅世巨龍也振開雙翼，帶起滾燙的沸泉，鬼面七鯨馬上壓下學長的身子趴在地面。緊接著巨龍憤怒地吼叫，向下一蹬離開水面，不少被溫泉潑濺到的獠逐戰士都痛苦地在湖畔打滾。

「開始啦！諸神的黃昏來了！」女巫在巨龍的黑影下高舉雙手吶喊，司峇薩則安撫下她的雙肩，一起遙望這場穿越世紀的龍蛟大戰。

雲霧在巨蛟的翼端纏繞一條長長的流線，牠突破天際線上的積雲，領著數以百計的飛蛇直逼鯤鯓的海濱。

離開女巫地的巨龍則是先飛往玉山之巔，隨後朝著冰凍的嘉明湖俯衝而下，猛然擊碎封藏在湖心的冰晶，徹底釋放降下龍鱗高溫的寒氣。渾身冒煙的巨龍踏上湖畔，對著天空吐出數道火焰，高山上稀薄的氧氣一時消耗殆盡。牠再側著身軀飛下了崖壁，穿越迎來的蛇陣，延山勢滑落低海拔叢林，一路燃燒於口中的火苗到了平地迅速膨脹成一顆極大的火球，原本圍繞在巨龍身旁的飛蛇皆成火團，扭曲成焦黑的屍塊墜入林間，還一度波及到由托部帶領的獠軍。

另一方面，巨蛟潛入了海灣，隨即又破浪而出扶搖直上，並在海面帶起一道巨大的水龍捲，幾乎快要抽乾整片海域。大量的海水在高空中相擊而散，呈輻射狀地逐漸擴大，最後落入失火的叢林，澆熄了巨龍的焰氣。

巨龍仰首長嘯，腳爪朝地面一蹬穿破了雲霄，巨蛟亦不甘示弱地向下高速俯衝，兩頭上古神獸的剪影就此纏鬥於朱陽之中。

然而再厚的蛇皮也禁不起炙熱的火焰，再硬的龍鱗也抵不住利爪一次又一次的撕裂，黃昏降臨之時雙方已兩敗俱傷，但巨蛟似乎略佔優勢。滅世巨龍除了要對抗身形略大的敵人，還要應付如同蒼蠅般不斷湧現的飛蛇。

「遭了！巨龍似乎要敗下陣了。」

女巫說：「別擔心！蛇人離開濕地太久將逐漸勢微，要戰勝牠們只是時間的問題。」

即便如此，我們終究無法想像最後戰勝的一方會如何回過頭來摧殘這個世界，但就當下蛇人如白蟻佈滿天際的局勢來看，假使巨龍勝了，情況或許會單純一些。

待到半邊的太陽沒入了海面，巨蛟焦乾的表皮滲出了深綠色的血液，捲曲的部位也開始脫皮，飛行速度不比原先那般敏捷了。此時巨龍迅速翻動雙翼打落身旁的飛蛇，在粉紅色的天幕吐出大片火焰蒸乾高空的水氣，最後牠向下俯衝咬住巨蛟的頸部，一個扭轉扯落蛇首，幾乎在同個時間點，島內所有飛蛇全都瞬間失速，彷彿魂魄被抽離一般墜落地表。

「結束了……」司峇薩嘆道。

滅世巨龍孱弱的剪影在蒼穹頂端上下起落著，下顎清晰的輪廓牽出數條長長的血滴，並隨著四散的鬍鬚被海風帶往遠方。如今牠就像是筋疲力竭的戰士，在黃昏中等待著凱旋的奏曲。不料這位孤傲的英雄卻在一聲巨響下被東寧軍震撼的砲火命中了胸膛，霎時落入東北角海灣，就此消失在鯤鯓璀璨的夕陽下。

「是東寧軍！看來九江天火已經抵達雷里溪以北的窪地了。」

「早料到那群漢人不會善罷甘休……」鬼面七鯨低聲怒吼。

學長則是抽出短刀大喊：「讓我們一起打敗這群垃圾吧！」

我看著他說：「學長……我累了，巨龍已死，我們回家吧……」

「李毅任！你給我回頭認真看看這群人，他們才是我們台灣人正真的祖先！你怎麼忍心一走了之？」

轉身發現溫泉谷底的獠族以及鹿民各個神情茫然，皆疲憊地癱坐在地。經過這場末日之戰，往後無論是面對清軍或者東寧軍，從他們的臉上我都只能見到敗亡的跡象。

鬼面七鯨一直沒有開口，只是俯首暗忖，或許正盤算著未來該如何對抗敵人。忽然他抬起頭望向學長身後的獠族戰士，彷彿正暗示些什麼。就在眾人反應不及之時，學長的後腦勺頓時揮來一根木棍將其擊昏在地，我恐懼地盯著鬼面七鯨，完全不明白他為何要這樣做。獠王巨大的身影步步逼近，並展開結實的雙臂似乎要將我給勒斃。

我對於後續發生的事情毫無記憶，只知道自己後來生了一場大病，接著就在載浮載沉的小船上醒了過來，當時年萬看著我說：「身體好些了沒？」

「這是哪裡？忠順學長人呢？」背景的星空中好似站著一位牧羊人。

「我們就在黑水溝的中央，放心，你的朋友還在睡覺呢！」

「為什麼我們會在這兒？」

話一講完，年萬就將一顆深色藥丸塞入自己口中，他說：「對不住了，是番人王拜託我這麼做的。」於是我又在海波的頻率下變得昏昏沉沉，隨即進入了模糊的夢境。

一次又一次的敲門聲迴蕩在混沌的黑暗中，偶爾還感受得到頭頂艷陽高照，卻始終無法辨識周遭的輪廓，灼熱的眼皮遮蔽了視線，太陽彷彿就在不遠處無止盡地旋轉著。我索性再度沉入了黑暗，放棄重新認識這個世界的機會，儘管喉嚨裡連一滴水份也沒有，卻沒有想喝東西的慾望，飢餓更是化作孩提時代的記憶，好像生命裡所需的一切都變得不那麼重要了。

後來驚覺有人在搖動我的肩膀：「快醒來呀！我們要跨越暗門了！」那是學長的聲音，「李毅任！你快給我起來！」

心臟突然注入一股熱血，四肢也開始有了發麻的刺痛，此刻學長正試圖將我拉起，無力的兩人卻又踉蹌地跌坐在牆角。

我扯著他的衣角說：「你要幹麼？」
「振作一點！我們要回家了！」
「回家？要去哪裡？」
「你腦袋燒壞了嗎？當然是回台灣呀！」
「我們本來不就在台灣嗎？」
「我的意思是說，我們要回去現代了！」
「什麼？」一如同被閃電打到一般，腦袋頓時變得相當清晰。環顧四下，發現佟大人所領的綠營軍整齊地列隊於前方，而那座曾經熟悉的地窖就在眾人的身後。
「到底發生了什麼事！為什麼我們會在這裡？」
「先別管那麼多，暗門就要消失了，我們趕快回去吧！」
儘管內心充滿不安，卻只能被逼著去接受眼前的荒謬結局，即便起初從未對於這趟旅程抱有太大的使命感，仍然無法忍受要在這種完全搞不清楚情況的狀態下一走了之。
我深吸了一口氣，隨後看著他說：「好！就聽你的，我們走吧！」怎曉得自己最後的妥協，終究成為潛藏意識深處的遺憾。
回到家的三個月後，忠順學長退掉了在木柵承租的房子，未待完成學業就毅然決然遠赴拉薩出家了。蘇莫的死已帶走了他對塵世的依戀，就算我死命地想拉住他，亦無法填補他心靈的缺口，終究自己不會是學長所期待的人。

偶然拿誠衛哥在越暗門前滾落樓梯間的手電筒，都會回想起他帶我踏上的那趟驚險旅程，以及那種以天下為己任的偉大情操。而如今這個男人也離我而去了，生活頓時變得毫無目的。是否打從遇見他們開始，一切都只是一場夢境，我本是個在博物院內空虛度日的無名角色，何必對於那段瘋狂的日子有所眷戀。

退伍之後我到台灣各地旅行，找尋自己在三百年前所留下的足跡。搭乘客運來到龍洞灣，租了簡便的浮潛裝備就獨自下水了。海浪一波一波將我推高，岸邊的民房就在眼前上下起伏著。

夏末的陽光落入腳下滿佈著猶如恐龍蛋化石的海床，熱帶魚成群結隊地順著水草飄動的方向游過腳跟，頓時一股清爽的感受驅散了大暑以來的燥熱。這裡是三百年前巨龍墜入的海灣，或許牠還蜷伏在岬灣底層，正等待著下一次的召喚。原先以為歷經過那場奇遇，海洋會在內心深處留下恐懼的陰影，然而自從回到家之後，卻時常有著走近大海的衝動。

可能我學會了如何去品嘗海風中帶著苦澀的鹽分，以及被苦鹹海水打在臉上的滋味，這又令我想起了東城勝一，假如他還活在這個世界上，也不知道日子過得怎麼樣。少了傳信人的使命，也許他才能更無拘無束地於大海裡優游自得。

我選在第一波東北季風來臨時再度造訪那座碧海環繞的島嶼，飛機穿過厚重的雲層降落在灰白色的天幕下，寒冬的氣流挾帶著冰冷潮水襲入岸邊，敲打在我早已習慣寧靜的耳膜，最初留在沖繩的記憶又彷彿是碎裂的冰晶再度融化於久經麻痺的腦中。

下了飛機，我搭乘接駁巴士去鄰近的服務站租了一輛Subaru休旅車，並將當初金城送的風獅爺御守掛在擋風玻璃前，隨後又依照租賃業者提供的資訊在市區中心找到一處出租潛具的店家，接下來就沿著快速道路一路北上國頭郡。

我事先上網查了當地知名的潛水點，但午後的天氣不是很好，走在岸邊並未見到太多遊客。這時一名坐在陽傘下的男子叫住了我，他左前方的腳蹬上放著一台小型的數位電視，聲音就像時空中的雜訊一般吵鬧。

「台灣人嗎？」他戴著漁夫帽和墨鏡，不時打量我身上的防寒衣。

瞬間有股莫名的熟悉感湧上心頭，於是我問他：「您好。請問我們認識嗎？」

「不是的。我看你身上的裝備，猜想你應該不是本地人。現在要下水嗎？今天風浪很大唷！」這才發現男子身後擺了數支鋼瓶，原來他是出租氣瓶的業者。

「對不起，我搞錯了。風浪實在太大的話我就不下去了。」

他拿出兩罐啤酒，示意要我過去，「不用錢，請你的！」

「真是不好意思，謝謝你。」

對方邀請我坐到傘下，從他的側臉望去，赫然發現他就是金城。

「快下雨了。」金城將帽子摘下，他的臉頰泛紅，想必剛才喝了不少酒。

我試探性地問他：「大哥，你怎麼會說中文呢？」

「要做觀光客的生意呀！像我們這種小型海島，早就被中央政府給遺忘了。好在你們台灣人經常來這邊旅遊，」他瞇著眼，搓了搓指尖，「還不都是為了錢。」

我拿出手機，打開當初我們和勝一起拍的三人合照，在遞給金城之前，刻意先剪去了他在畫面中的影像。「我會來這裡玩，其實也是想順道拜訪附近的朋友，大哥能幫我看看認不認識這個人嗎？」

他接過手機，並調整了墨鏡的角度，隨後說道：「不認識，沒見過。」

「是唷！真可惜。他也很喜歡潛水，還以為你有看過他。」

「來我這兒租裝備的客人很多，多半都沒什麼印象。」

對此我並不覺得訝異，勝一的消失僅僅是歷史中必然的結果，但我依然有種失落的感受。嘆息時，我順手扳開拉環。

「大哥平常也自己下去潛水嗎？」

「年輕的時候很喜歡游泳，但現在懶了。坐在這裡看電視還可以順便賺點錢。」他仰身靠回椅背，視線就停留在前方的小螢幕上。

「那是在報新聞嗎？」

「對呀！剛好內容還跟你們那邊有點關係。」

畫面中，大批記者和研究人員圍繞著一副剛出土的棺木。我困惑地看著金城，「怎麼說呢？」

「好像是一位叫作佐治狄蒙的歐洲人吧！他在十七世紀捏造了一本虛構台灣的遊記，內容都是一些天方夜譚的鬼怪故事，什麼飛天蛇人呀……巨龍水鹿的。現在棺木出土了，似乎還在裡頭發現了不該出現在那個時代的東西。」

「是什麼東西呢？」

「好像就是類似魔術方塊的玩具吧？」他話才講到一半，螢幕右上角突然秀出一幅人像，「就是這個傢伙！當時還說什麼……自己是土生土長的台灣原住民，我看根本就像個馬來人。」

忽然驚覺畫面上那幅以電腦復原的人像竟與哈內有些神似，猜想他後來大概是代替了佐治的身分在歐洲活過了半個世紀。畢竟對他而言，無論身處何方都是個孤兒，留在台灣也不會有家的感覺。我刻意附和道：

「太神祕了吧！但不管他當時有沒有說謊，魔術方塊都不太可能會出現在三百年前的棺材裡吧？」

「或許只是一場考古界的騙局呀！你也知道西方人最愛搞這種陰謀論的東西，到頭來還不是為了錢。」

金城不以為意地將電視關掉，隨後閉起眼睛睡著了，彷彿我不在他身邊似的。

遠方的雲層頓時電光閃爍，低沉的悶雷猶如夢境裡的敲門聲一樣模糊。當下我卻好像找到了一種類似歸屬的感受，也不明白是不是相仿的故事又要再度上演了。

（全文完）

釀奇幻40　PG2367

龍藏：殺龍

作　　者　　維　克
責任編輯　　喬齊安
圖文排版　　周怡辰
封面設計　　劉肇昇

出版策劃　　釀出版
製作發行　　秀威資訊科技股份有限公司
114 台北市內湖區瑞光路76巷65號1樓
電話：+886-2-2796-3638　傳真：+886-2-2796-1377
服務信箱：service@showwe.com.tw
http://www.showwe.com.tw
郵政劃撥　　19563868　戶名：秀威資訊科技股份有限公司
展售門市　　國家書店【松江門市】
104 台北市中山區松江路209號1樓
電話：+886-2-2518-0207　傳真：+886-2-2518-0778
網路訂購　　秀威網路書店：https://store.showwe.tw
國家網路書店：https://www.govbooks.com.tw
法律顧問　　毛國樑　律師
總 經 銷　　聯合發行股份有限公司
231新北市新店區寶橋路235巷6弄6號4F
電話：+886-2-2917-8022　傳真：+886-2-2915-6275

出版日期　　2020年2月　BOD一版
定　　價　　270元

Printed in Taiwan

國家圖書館出版品預行編目

龍藏：殺龍 / 維克著. -- 一版. -- 臺北市：釀出版, 2020.02
面； 公分. -- (釀奇幻 ; 40)
ISBN 978-986-445-373-3(平裝)

863.57 108022141

讀者回函卡

感謝您購買本書，為提升服務品質，請填妥以下資料，將讀者回函卡直接寄回或傳真本公司，收到您的寶貴意見後，我們會收藏記錄及檢討，謝謝！
如您需要了解本公司最新出版書目、購書優惠或企劃活動，歡迎您上網查詢或下載相關資料：http:// www.showwe.com.tw

您購買的書名：______________________________

出生日期：________年________月________日

學歷：□高中（含）以下　□大專　□研究所（含）以上

職業：□製造業　□金融業　□資訊業　□軍警　□傳播業　□自由業
　　　□服務業　□公務員　□教職　□學生　□家管　□其它____

購書地點：□網路書店　□實體書店　□書展　□郵購　□贈閱　□其他

您從何得知本書的消息？

□網路書店　□實體書店　□網路搜尋　□電子報　□書訊　□雜誌
□傳播媒體　□親友推薦　□網站推薦　□部落格　□其他________

您對本書的評價：（請填代號　1.非常滿意　2.滿意　3.尚可　4.再改進）

封面設計____　版面編排____　內容____　文／譯筆____　價格____

讀完書後您覺得：

□很有收穫　□有收穫　□收穫不多　□沒收穫

對我們的建議：______________________________

____

____

____

請貼
郵票

11466
台北市內湖區瑞光路 76 巷 65 號 1 樓
秀威資訊科技股份有限公司 收
BOD 數位出版事業部

(請沿線對折寄回，謝謝！)

姓　　名：＿＿＿＿＿＿＿＿ 年齡：＿＿＿＿ 性別：□女　□男

郵遞區號：□□□□□

地　　址：＿＿＿＿＿＿＿＿＿＿＿＿＿＿＿＿

聯絡電話：(日)＿＿＿＿＿＿＿＿ (夜)＿＿＿＿＿＿＿＿

E-mail：＿＿＿＿＿＿＿＿＿＿＿＿＿＿＿＿